AF284676

© Günter Wülfrath
Umschlaggestaltung und Fotos:

Oben, Otto-Modersohn-Museum, Fischerhude
(Foto, bearbeitet).
Unten, Murnau, Gabriele Münter, (Bildtafel am
Wanderweg).

® **MIX**

Papier aus verantwortungsvollen Quellen
Paper from responsible sources

FSC
www.fsc.org

FSC® C105338

VOM WORKAHOLIC ZUM SINNFINDER

Von Fischerhude und Worpswede ins Blaue
Land
Begegnungen mit der Malerei

Günter Wülfrath

Bibliografische Informationen der Deutschen Nationalbibliothek: Die Deutsche Nationalbibliothek verzeichnet diese Publikationen in der Deutschen Nationalbibliografie; detaillierte bibliografische Daten sind im Internet über http://dnb.dnb.de abrufbar.

© 2018 **Günter Wülfrath**
Herstellung und Verlag:
BoD – Books on Demand, Norderstedt

ISBN: 9783752822106

Ob man den Beruf nur ausübt, um Geld zu verdienen, oder zu vergessen, oder ob die Arbeit Freude bereitet, weil man sie sinnvoll findet, entscheidet, ob man Sklave oder König ist."

Frei nach Max Luscher Schweizer Autor 2009

Prolog

Seine Eltern sterben bei einem schweren Autounfall als Hans Becker sein Ingenieurstudium für Druck- und Medientechnik an der Bergischen Universität in Wuppertal gerade mit Erfolg beendet hat.

Er tritt seine erste Arbeitsstelle in einer mittelständischen Druckerei an. Seine Aufgabe ist die Organisation und Einführung eines neuen Qualitätssystems. Zu seinen Aufgaben gehört auch die Planung und Schulung für interne und externe Audits die das neue System überprüfen sollen. Mit großem Eifer stürzt er sich in jedes neue Projekt. Mehr oder weniger unbewusst versucht er, die Traurigkeit über den Verlust der Eltern mit seiner Arbeit zu überwinden. Er steigert sich in der Folge immer mehr in seine beruflichen Aufgaben. Arbeitszeiten werden zu Marginalien, Essen und Trinken zu ungeliebten Notwendigkeiten. Die Wünsche und Vorstellungen seiner Freundin Clara kann er irgendwann nicht mehr wahrnehmen.

Clara, die die Veränderungen bei Hans immer stärker spürt, kann trotz aller Bemühungen nicht mehr zu ihm durchdringen. Um sich vor einer nicht enden wollenden Enttäuschung zu schützen, trennt sie sich von Hans. Dieser ist voller Unverständnis und nicht fähig, den Grund für den Schritt seiner Freundin zu erkennen.

Er hat das Gefühl, dass Schicksal hat ihn ausgesucht und zum Verlierer gemacht.

Die einzige Möglichkeit dem entgegen zu wirken sieht Hans in der Arbeit. Er wird zum Workaholic. Die Arbeit lenkt ihn zwar kurzzeitig von seiner Trauer um die verlorenen Eltern und den Verlust seiner Freundin ab, doch sein Leben erscheint ihm immer sinnloser. Sein Kopf fühlt sich an, als sei er mit Watte vollgestopft. Seine Unzufriedenheit wächst, seine Kopf-schmerzen nehmen ständig zu und er schläft immer schlechter. Zu allem Überfluss hat er im Beisein seiner Kollegen, sozusagen in aller Öffentlichkeit, eine furchtbare Auseinandersetzung mit seinem Vorgesetzten.

So geht das nicht weiter, denkt er. Ein schon länger geplanter Kurzurlaub in den Dolomiten soll ihm jetzt dabei helfen, sich zu beruhigen. Mit diesen Gedanken entspannt er sich ein wenig und begibt sich zur Ruhe um den letzten Arbeitstag vor dem Urlaub durchstehen zu können.

Hans Becker

6:oo Uhr, der schrille Ton des alten Weckers holt ihn erbarmungslos aus dem Schlaf. Um sich den Ritualen des täglichen Erwachens hinzugeben, tappt er mit fast noch geschlossenen Augen in Richtung Badezimmer. Rasieren, Zahnpflege und unter dem prasselnden Regen der Dusche allmählich erwachend, wird die Auftaktveranstaltung des neuen Tages mit Frisieren, Ankleiden und einer hastig geleerten Tasse Kaffee abrupt beendet.

Im Auto, bei der Fahrt zur Arbeit, kreisen seine Gedanken um die Trennung von Clara, seiner großen Liebe, die er immer für unvergänglich gehalten hatte. Clara hatte sich vor einem Monat mit den Worten: „Es tut mir unendlich leid, aber so kann es nicht weitergehen, wir halten das beide nicht aus", von ihm getrennt. „Bevor unsere Liebe stirbt, weil wir mit unserer Arbeit und unserem Leben nicht fertig werden, sollten wir, jeder für sich, über uns und unser Leben nachdenken."

Das war das Ende einer Beziehung die er für unzerstörbar gehalten hatte. In seinem momentanen Gemütszustand ist er auch nicht in der Lage Claras Entschluss zu verstehen.

Als Hans sich der Firma nähert, verschwinden die dunklen Gedanken und die Aufgaben, die ihn in der Firma erwarten, werden immer deutlicher.

Hinzu kommt eine Unsicherheit, die sich in ihm ausbreitet, wenn er daran denkt, was seine Kolleginnen und Kollegen über seinen wütenden Auftritt am Vortag wohl denken.

War es richtig, sich gegenüber seinem Vorgesetzten so unangemessen zu verhalten? Nein, denkt er – es war nicht richtig. Vor allen Dingen weil er, da ist er sich vollkommen sicher, in der Sache recht hat. Es war dumm von ihm, sich aus der sachlichen Diskussion in einer emotionalen Wut zu verlieren. Warum bin ich eigentlich so dünnhäutig und so unruhig? Liegt es daran, dass die Trennung von Clara mich immer noch nicht loslässt? Habe ich das noch nicht überwunden? Ihm ist noch immer nicht klar, was zu der schmerzlichen Trennung geführt hat. Er versteht es nicht, dass ist sein letzter Gedanke beim Betreten des Firmengebäudes.

Allmählich bessert sich im Laufe des Tages seine Stimmung und er freut sich sehr, als er daran denkt, dass er nach Büroschluss zu einem Kurzurlaub in die Alpen aufbrechen will.

Die über 800 km bis in die Dolomiten erscheinen ihm schon als eine enorme Herausforderung. Kurz vor der Abreise empfindet er plötzlich klopfende Schmerzen in seinem Kopf. Er fasst sich mit beiden Händen an die Schläfen. Wahrscheinlich ist sein Kreislauf etwas in Unordnung geraten, es wird besser sein, noch einen Moment die Augen zu schließen.

Total erschöpft, außer Atem stolpert er durch eine heiße wüstenähnliche Landschaft. Als sein Durst schon fast unerträglich ist, glaubt er in der Ferne die spiegelnde Oberfläche eines Gewässers zu erkennen, doch gleichzeitig quält ihn die schreckliche Angst, dass das rettende Wasser in der sengenden Sonne verdunsten würde. Mit letzter Kraft erreicht er einen See, doch als er sich kopfüber in denselben stürzen will, strauchelt er und erwacht vollkommen verschwitzt aus seinem bösen Traum.

Sein Kopf fühlt sich wieder einmal an, als sei er mit Watte gefüllt, allerdings, die Kopfschmerzen sind nicht mehr so intensiv und das nervende Klopfen hat sich verflüchtigt. Aber er fühlt sich noch nicht in der Lage, den 800 km Trail in die Alpen zu beginnen. Er entscheidet sich kurzentschlossen, seinen Urlaub erst am nächsten Morgen zu beginnen.

Den heutigen Abend will er bei einem Essen in seinem Lieblingsrestaurant verbringen. Herrlich, mit einem frisch gezapften Bier sich den Gaumenfreuden zu überlassen.

Ein angenehmer Zufall ist es, dass er seinen Nachbarn im Restaurant trifft und er nutzt den Abend diesen näher kennenzulernen.

Nach dem Essen und einem weiteren Bier kommt er mit dem Nachbarn Paul Vogel ins Gespräch. Paul Vogel ist ein freundlicher, grauhaariger Mann in unbestimmbarem Alter, Hans schätzt ihn auf ca. 65 Jahre. Hans freut sich sehr, dass er als der jüngere von beiden mit ihm ins Gespräch kommt. Die offene und unkomplizierte Art des Nachbarn liefert deutlich erkennbar den Grund dafür, dass Hans ihm von seinem geplanten Kurzurlaub, den er eigentlich heute noch beginnen wollte, erzählt.

„Und warum hast du den Beginn deines Urlaubs verschoben." Hans berichtet von seinen Kopfschmerzen, schildert den seltsamen Traum und nennt Paul das Gefühl der Unruhe, welches er am Morgen des Tages verspürt hat und dass er sich die 800 km Autofahrt heute nicht mehr zutrauen wollte.

„Na ja sagt Paul „und du wunderst dich"? „Wenn ich mir nach einem solchen Tag noch 800 km Autofahrt vornehmen würde, bekäme ich Stress mit meiner Frau und mal ehrlich gesagt, sie hätte absolut Recht. Es ist doch eigentlich ein unverantwortlicher Umgang mit der eigenen Gesundheit, von der allgemeinen Verkehrssicherheit mal gar nicht zu reden".

„Jaaaa, aber. Ich habe mich so auf das Bergwandern gefreut. Was würdest du denn an meiner Stelle tun?" „Das kann ich dir auch nicht sagen".

Nach einer geraumen Weile erhellt sich Pauls Miene wie eine aufgehende Sonne. „Warst du schon jemals in Worpswede"? Hans ist verwirrt, er sieht Paul fragend an. „Wenn mich nicht alles täuscht ist das ein bekanntes Künstlerdorf bei Bremen"? „Ja, genau, es sind dort zwar keine hohen Berge wie in den Alpen, eher das Gegenteil, wenige kleine Hügel ansonsten nur flaches Land, aber es gibt dort außerge-wöhnliche Kunstwerke, interessante Geschich-ten von und über Künstlerinnen und Künstler. Es gibt spannende Erzählungen die davon berichten, was so viele Künstler in die Moor-landschaft gezogen hat.

Das Wohnen und Wirken wird in den alten stattlichen Häusern und Museen lebendig und einen so hohen Himmel mit so zauberhaften Wolkenbildern scheint es nur in dieser Landschaft zu geben."

Im Verlauf der Schilderungen verändert sich der Nachbar auf wundersame Weise. Wenn er über die Kunst spricht, steigt Glanz in seine Augen, wenn er von den alten Häusern, der beeindruckenden Landschaft und den mär-chenhaften Wolkenbildern berichtet, bekommt seine Stimme einen sanften, Ruhe vermit-telnden Klang.

Diese Ruhe überträgt sich auf Hans und lässt diesen seine am Morgen empfundene innere Unruhe langsam vergessen.

„Mensch, Paul", und ein bisschen ungläubig, „das hört sich ja wie der Bericht von einer besseren Welt an, wunderbar. Wie weit ist denn die Fahrt nach Worpswede?"

„Na, ich würde sagen", meint Paul nach einigem nachdenken,„so ungefähr 240 km".

„Aber, lieber Hans, wenn du jetzt vor hast, deinen Kurzurlaub im Norden, statt im Süden zu verbringen, würde ich dir unbedingt empfehlen, im knapp 20 km von Worpswede entfernten Künstlerdorf, Fischerhude, Quartier zu nehmen. Dieser Ort kann dir am ehesten vermitteln, was ich meine, wenn ich von dieser Landschaft, ihren Menschen, den Künstlerinnen und Künstlern und ihren Kunstwerken erzähle."

Nach diesen Worten verabschiedet sich Paul von Hans und wünscht diesem einige erholsame Tage und eine gute Reise, ganz gleich, wohin sie ihn führen wird.

Lisa und Paul Vogel

Als Paul nach diesem unterhaltsamen Abend zurück in seine Wohnung kommt, ist seine Frau Lisa voller Neugier:

„Na, wie war es heute Abend? Hast du Bekannte getroffen? Gibt es etwas Neues zu berichten?" „Es war ein ganz und gar interessanter Abend. Ich habe unseren Nachbarn Hans Becker getroffen und er hat mir eine verrückte Geschichte über einen geplanten Kurzurlaub in die Alpen erzählt.

Bei diesem Gespräch habe ich ihn, weil er so gestresst wirkte, gefragt, ob er schon einmal in Worpswede gewesen ist. Mit der Vorstellung von einem Künstlerort in der Nähe von Bremen erschöpfte sich sein Wissen. Ich habe ihm dann von Worpswede und natürlich von Fischerhude, von den Künstlerinnen und Künstlern, von der Landschaft, dem Moor und dem weiten Himmel erzählt.

Stell dir vor, im Verlauf meines Erzählens kamen mir immer deutlicher die Erlebnisse unserer eigenen Reisen nach Fischerhude, Worpswede und Bremen in den Sinn."

„Kannst du dich noch erinnern, wie oft wir in Fischerhude waren"? „Na ja, da müsste ich erst einmal eine Zeitlang genauer überlegen, aber eigentlich ist das gar nicht so wichtig. Die Besuche waren immer sehr eindrucksvoll und unsere Erlebnisse bilden das Fundament für unsere wunderbaren Erinnerungen.

Ich erinnere mich noch sehr genau an einen Besuch in der Ausstellung, „Die Wümme", im Buthmannshof, in diesem so sehr schön restaurierten niedersächsischen Bauerngehöft, in dem der Fischerhuder Kunstverein ein Museum und einen wunderbaren Veranstaltungsort unterhält.

Im Buthmannshof lernten wir auch die in Fischerhude ansässige Malerin Petra Hempel kennen. Bei einer Vernissage, die in der Tenne des Buthmannshofs stattfand, zeigte die Künstlerin beeindruckende Bilder, zu denen sie sich von Texten der beiden Schriftstellerinnen Elisabeth von Ulmen und Hilde Domin hatte inspirieren lassen.

Die von Petra Hempel an diesem Abend einfühlsam und gekonnt vorgetragenen Gedichte und die anschließenden Gespräche mit der Künstlerin haben eine Stimmung erzeugt, in der wir uns einfach nur glücklich fühlten." „Ja", um alle unsere Erinnerungen hervorzukramen, würden wir noch eine sehr lange Zeit benötigten".

Nach diesen Bemerkungen nahmen sich Lisa und Paul ernsthaft vor, sich von Zeit zu Zeit an ihre Besuche in Worpswede und Fischerhude zu erinnern. Immer wenn wir uns daran erinnern, so ihre Vorstellung, ist das gleichzeitig Anregung und Wunsch, den bisherigen Erlebnissen weitere hinzu zu fügen.

Der nächste Besuch bei den Künstlerinnen und Künstlern in Worpswede, Fischerhude und Umgebung wird bestimmt nicht mehr lange auf sich warten lassen.

Fischerhude, eine Entdeckung

Um die Mittagszeit des folgenden Tages erreicht Hans Becker nach gut zwei Stunden Autofahrt den östlich von Bremen gelegenen Ortsteil Fischerhude im Flecken Ottersberg. Beinahe hätte er den Ort vor lauter Bäumen übersehen. Selbst der Kirchturm ist hinter den riesigen Bäumen nicht zu sehen.

Für Hans ist das ein erstes beeindruckendes Merkmal des Fischer- und Bauerndorfes. Es wirkt, als ob sich Fischerhude unter den gewaltigen Kronen der alten Eichen verstecken will. Die mit Kopfsteinpflaster versehenen kleinen Straßen vermitteln den Eindruck eines friedlichen, ein wenig verschlafenen Dorfes.

Kurzentschlossen stellt er das Auto auf dem Parkplatz des Gasthofs „Berkelmann" ab und ist froh, dass er bei den freundlichen Wirtsleuten ein Zimmer mieten kann.

Nach einer kurzen Erfrischung nimmt Hans seinen Fotoapparat und den kleinen Wanderrucksack, kauft in dem nahe gelegenen Dorflädchen eine Wanderkarte, etwas Obst, Brötchen, Käse und Wurst und eine Flasche Mineralwasser, setzt sich bei hellem Sonnenschein auf die Terrasse eines Cafés, um bei einer guten Tasse Kaffee die Wanderkarte zu studieren und einen ersten Rundgang zum kennen lernen des Dorfes zu planen.

Dann macht er sich auf den Weg. Vorbei an

der in der Mitte des Dorfes liegenden satt-grünen Dorfwiese, dem mit Reet gedeckten Heimathaus „Irmintraut" und der Kirche erreicht er nach wenigen Metern eine große Hofanlage, in der sich, wie sich herausstellt, der Gasthof Körber befindet.

Der Straße „Im krummen Ort" folgend, erreicht Hans, der eine immer friedlichere und ruhigere Stimmung verspürt, den Mittelarm der Wümme. Das Flüsschen, das er in der Nähe der alten Wümme-Schleuse auf einem malerischen Holzsteg überquert, um dann einzutauchen in die Wunderwelt der Natur.

Im Schatten der Bäume tummeln sich auf dem Wasser Enten in großer Zahl. In den wie Spielzeughäuser wirkenden, auf Pfählen ins Wasser gebauten Entenhäusern, kann das bunte Federvieh Schutz vor Unwetter finden.

Die Wanderung führt Hans immer weiter entlang des Wümme-Mittelarms über den „Speckmann- Weg" und den „Otto-Modersohn-Weg". Wegnamen, die an Künstler und Per-sönlichkeiten des Dorfes erinnern.

Auf einer der am Wegrand stehenden Bänke lässt sich der Wanderer zu einer Rast nieder. In der Sonne sitzend, die Wümme im Rücken, den weiten Himmel vor sich, bestaunt Hans die Sonnenstrahlen, die zwischen schier unglaub-lichen Wolkentürmen auf die sattgrün gefärb-ten Wiesen und Felder, auf die schatten-spendenden Buchen und Eichen fällt und erkennt, wie sich das Blau des Himmels in den Wassern der Wümme spiegelt. Ein Stückchen Brot, Wurst und Käse, mit einem erfrischenden Schluck Wasser kommen ihm wie eine Götterspeise mit Champagner vor.

Die Stimmung, die von diesem Bild ausgeht, setzt unseren Wanderer in eine bisher nicht gekannte Ruhe und er empfindet, mitten in einer streitbaren und hektischen Welt, einen wundervollen Frieden. Er möchte diesen Ort des Friedens eigentlich nie mehr verlassen.

Noch bevor er weiterwandert, kommt ihm, ein bisschen wehmütig, der Gedanke, wie schön es doch wäre, wenn er eine solche friedliche und beeindruckende Landschaft zusammen mit Clara erleben könnte.

Seine Neugier auf weitere Landschaftsbilder und die Geheimnisse des Dorfes treibt ihn schließlich doch, nach seiner friedvollen Pause, die Wanderung fortzusetzen.

Dem Otto-Modersohn-Weg weiter folgend überquert er erneut den Mittelarm der Wümme und die Straße „In der Bredenau" und gelangt dann auf den „Heinrich-Breling-Weg". Entlang eines Nebenarms der Wümme verläuft der Weg durch weite Felder und über einen Blumen gesäumten Wiesendamm. Vorbei an malerischen Häusern und dem bunten Garten des „Cafè Rilke", erreicht Hans am Ende des Weges das „Otto- Modersohn-Museums".

Nach dem Besuch des Modersohn-Museums,

welches in einem wunderschönen niedersächsischen Baustiel errichtet wurde, wandert Hans
entlang der Straße „In der Bredenau" bis zum
malerisch gestalteten „Café Rilke".

Im Inneren des mit viel sehenswertem Interi-
eur liebevoll ausgestatteten Hauses befinden
sich mehrere kleine urgemütliche Gasträume
mit vielen Bildern von bekannten Malern
ebenso wie von im Dorf lebenden zeitgenössischen Künstlern.

Das „Café Rilke" vermittelt dem Besucher das
Bild eines in sich selbst ruhenden Dorfes mit
anrührender Intensität.

Nach einem schmackhaften Stückchen
Kuchen und einer Tasse Kaffee setzt Hans seine
Wanderung fort. Der Straße „In der Bredenau"
weiter folgend, unter schattigen Bäumen entlang, vorbei an stattlichen Bauernhöfen, gelangt
er dann zur Rückseite des Gasthofes „Berkelmann". Hier lädt auf einer geöffneten Rund-
bogentür ein Schild, „Atelier im Bauernhaus",
zum Besuch ein.

Im Atelier, welches sich in einem ehemaligen
Pferdestall befindet, öffnet sich Hans ein
riesiges Füllhorn mit Informationen von und
über die Künstlerinnen und Künstler in
Fischerhude und Worpswede. Bilder von lange
schon gestorbenen, ebenso wie von noch
lebenden Künstlern, übergießen ihn mit einer
wahren Flutwelle von Eindrücken. Hans findet
Bücher über das Dorf und seine Geschichte,

über gute und schlechte Zeiten.

Ja, schlechte Zeiten gab es auch in diesem so überaus friedlich scheinenden Dorf. Das Schicksal der aus einer Künstlerfamilie stammenden Cato Bontjes van Beek rührt unseren wissbegierigen Wanderer besonders an. Als Mitglied der Widerstandsgruppe „Rote Kapelle" wurde sie von den Nazis in Berlin ermordet.

Hans empfindet in nachdenklicher Klarheit, dass die guten Zeiten immer dann an Wert gewinnen, wenn die schlechten Zeiten nicht vergessen werden. Dieser Grundsatz tröstet ihn auch, wenn er an seine bei einem Verkehrsunfall verstorbenen Eltern denkt.

Diese Erkenntnis verstärkt sich bei Hans, als er zu einem späteren Zeitpunkt das Wegschild zwischen Kirche und Heimathaus entdeckt, auf dem an den Namen und das Schicksal von Cato Bontjes van Beek erinnert wird.

Am Abend lässt Hans sich im Speiseraum des Gasthofs Berkelmann, der im klassischen Artdéco- Stil eingerichtet ist, das Essen gut schmecken, dabei kann er in seinen Gedanken den vergangenen ereignisreichen Tag noch einmal voller Freude an seinem inneren Auge vorbeiziehen lassen.

Als er später in die Schankstube des Restaurants wechselt, denkt er zum ersten Mal an diesem Tag an seine nicht angetretene Reise in die Dolomiten. Obwohl er sich sehr sicher ist, dass die Alpen auch in Zukunft zu seinen

Lieblingslandschaften zählen werden, wird das eindrucksvolle Künstlerdorf Fischerhudein der exklusiven Liste seiner Lieblingsorte einen ganz besonderen Platz einnehmen.

Im Schankraum nimmt Hans nach der einladenden Geste einer dreiköpfigen Männerrunde am Tisch dieser offensichtlich in Fischerhude beheimateten Männer Platz.

„Sind sie zum ersten Mal in Fischerhude? Was treibt sie hierher? Woher kommen sie?" Das sind nur einige der an Hans gerichteten Fragen. Das Gute an diesen Fragen ist zweifelsohne, dass sich dadurch intensive Gespräche entwickeln.

In dieser Tischrunde berichtet Hans von seiner spontanen, von seinem Nachbarn angestoßenen Entscheidung, nach Fischerhude zu kommen. Er erfährt an diesem Abend so manche Einzelheit über die Probleme der Bauern, bemerkt aber auch den großen Stolz, weil es den Einheimischen bis heute gelungen ist, ihr Dorf Fischerhude in seiner unverwechselbaren Ursprünglichkeit zu erhalten.

Gegen Touristen haben die Fischerhuder nichts, allerdings soll es keine Bettenburgen und keine touristischen Events geben, die den Frieden des Dorfes stören könnten.

Am liebsten, sagen sie, sind uns die Besucher, die unser Leben kennen lernen wollen und die mit uns gemeinsam daran interessiert sind, unser Dorf und seine Ursprünglichkeit zu erhalten. Das sind die eindrucksvollen Worte, welche die zwei Bauern und der Maler am Tisch im Schankraum des „Gasthofs Berkelmann" an unserem Freund Hans richten.

Der Maler, der Hans in seiner Art und in seinem Wesen an seinen freundlichen Nachbarn Paul Vogel erinnert, gibt ihm eine Vielzahl von Tipps und Anregungen für die nächsten zwei Tage seines Kurzurlaubs.

Voll mit Eindrücken und Erfahrungen der letzten Stunden kommt ihm am Ende des Tages nach der Verabschiedung von seinen Tischgenossen der Einfall, ob es wohl gut sei, Clara, die er nicht aus seinen Gedanken vertreiben kann, einen Kartengruß oder gar einen Brief zu senden. Er kann sich nicht entscheiden und fällt total geschafft in einen unruhigen Schlaf.

Worpswede, Erinnerungen

Nach einer arbeitsreichen Woche sitzen Lisa und Paul Vogel am Nachmittag in der Sonne auf ihrer Terrasse. Bei einem kühlen Getränk unterbricht Lisa das Schweigen.

„Was wohl unser Nachbar Hans jetzt macht? Kannst du dich an unseren ersten Besuch in Worpswede erinnern?"

„Ja, doch als erstes kommt mir die Erinnerung an mein lädiertes Gesäß nach der Fahrradtour von Fischerhude nach Worpswede, in den Sinn. Aber ich denke mit Freude an die prägenden Eindrücke von bekannten Künstlern und Orten, wie beispielsweise Heinrich Vogeler und der „Barkenhoff" (Plattdeutsch für Birkenhof).

1895 kaufte Vogeler den sehr heruntergekommenen Bauernhof. Alte Bilder des damaligen Birkenhofs zeigen uns heute, wie Vogeler den maroden Bauernhof innerhalb weniger Jahre zu einem Jugendstilgebäude umbaute.

Lisa und Paul erinnern sich an den wunderschönen Garten und die schönen Tapeten im Zimmer des Barkenhoffs, in dem schon Rainer-Maria Rilke genächtigt hat.

„Leider", bemerkt Lisa mit einer Spur Traurigkeit, „ist manche alte Einrichtung der etwas nüchternen Renovierung des Barkenhoffs in den ersten Jahren des 21. Jahrhunderts zum Opfer gefallen". „Die wunderbaren Lilien-Tapeten im Zimmer, in dem Rilke gewohnt hat, sind nicht mehr vorhanden, schade."

Paul erinnert an den Buchweizenpfannkuchen im Restaurant des Bahnhofs Worps-wede.

Das Gebäude, welches 1910 von Heinrich Vogeler im Jugendstil entworfen und gebaut wurde, ist mit Möbeln, Kunstwerken und Malerei, ebenfalls von Vogeler, eingerichtet. 1978 wurde der Bahnhof Worpswede renoviert und sein Ursprungszustand wieder hergestellt.

„Nach dem leckeren Pfannkuchen sind wir dann noch zu den Häusern im Schluh geradelt. Erinnerst du dich?"

Nachdem sich Martha Vogeler 1920 von Heinrich getrennt hatte und die Ehe 1926 geschieden wurde, verließ Martha mit ihren drei Töchtern den Barkenhoff. Mit finanzieller Unterstützung Heinrich Vogelers zog sie mit ihren Töchtern in das Haus im Schluh. Im Jahr 1937 ließ Martha aus der Umgebung des Teufelsmoors zwei weitere Häuser an ihren jetzigen Standort, im Schluh, verlegen.

Im ersten Haus ist ein kleines Museum und eine urige, hauptsächlich mit Möbeln aus dem Barkenhoff eingerichtete Pension, während im zweiten Haus von der Familie in einem musealen Umfeld noch heute die traditionellen Vogeler-Muster auf alten Webstühlen gewebt werden.

Die Häuser im Schluh sind heute in der vierten Generation im Familienbesitz.

„Den Wunsch, einmal in der Atmosphäre einer Pension im Stil der 20er Jahre des 20. Jahrhunderts im Schluh zu verbringen, haben wir uns bisher allerdings noch nicht erfüllt."

„Leider, wird das wohl auch zukünftig nicht mehr möglich sein. Ich habe gehört, dass das Haus renoviert wurde und aus dem Grund die alte Pension leider nicht mehr besteht".

„Na ja, die Unterkünfte im 20 km. entfernten Fischerhude haben stattdessen einen große Vorteil, man wohnt in einem Dorf mit sehr authentischen Menschen und Häusern. Und uns freut es sehr, dass Fischerhude, dieses malerische Bauern- und Fischerdorf, bisher weitgehend von der alles in Besitz nehmenden Tourismusindustrie verschont geblieben ist."

Ein Tag in Worpswede

Hans Becker ist an diesem Morgen mit dem Auto von Fischerhude nach Worpswede gefahren. Dort angekommen, stellt er es auf dem Parkplatz neben dem Büro des Verkehrsvereins, dem Philine-Vogler-Haus, ab.

Im Haus des Verkehrsvereins versorgt Hans sich mit Anregungen und Informationen über Worpswede. Seine Entdeckungswanderung beginnt ganz in der Nähe mit einem Besuch im „Café Worpswede".

Dieses Café wurde von dem Bildhauer, Maler, Architekten und Kunsthandwerker Bernhard Hoetger gebaut. Die exotisch anmutende Gestalt des Gebäudes hat Hoetger, der 1914 nach Worpswede gekommen war, zuerst mit Ton als kleines Modell gestaltet.

Die direkt neben dem Café sich öffnende „Große Kunstschau" empfindet Hans Becker wie die Entdeckung einer ihm bisher unbekannten Welt. Er ist ergriffen von den Bildern der alten Meister und begeistert von den Experimenten der zeitgenössischen Künstler.

Um sich Zeit zu nehmen und die vielen neuen Eindrücke zu verarbeiten, entschließt sich Hans zu einer Wanderung. Als Ziel wählt er den „Barkenhoff". Auf kurzem Weg über einen schönen Waldweg erreicht er im Talgrund das im Jugendstil errichtete Haus, in dem sich heute das Museum „Barkenhoff" befindet.

Ein Film, Bilder, Einrichtungsstücke, Modelle und Texthinweise wecken in Hans eine große Neugier. Bücher über Heinrich Vogeler und den Barkenhoff werden zu Trophäen, die ihm bei der Entschlüsselung mancher Geheimnisse der Kunst helfen.

Nach einer Erfrischung im Museumscafé, wandert Hans aufwärts zum „Niedersachsenstein". Das 18 Meter hohe expressionistische Backsteindenkmal sieht von weitem aus wie ein Adler und erinnerte ursprünglich an die im Ersten Weltkrieg gefallenen Soldaten aus der Region. Als es 1922 von dem schon erwähnten Bernhard Hoetger erbaut wurde, war es von Anfang an, als Kriegsdenkmal, umstritten.

Der Weg zurück zum Dorfzentrum führt durch blühende Felder über Worpswedes höchste Erhebung, den Weyerberg. Auf dem Weg durch die von einem hohen Himmel mit seinen Wolkenbildern überspannten Landschaft besucht Hans den Friedhof an der Worpsweder Zionskirche und das Grab von Paula-Modersohn-Becker.

Das Grabmal von Bernhard Hoetger entworfen, welches auf einer Backsteinmauer das Abbild einer sterben-den Mutter mit einem Kind zeigt, findet Hans übertrieben. Später liest er, dass das Grabmal schon bei der Fertigstellung im Jahr 1907 von Kunstkritikern sehr unterschiedlich bewertet wurde.

Auf dem weiteren Weg zu seinem Auto, entdeckt Hans in dem oberhalb des Parkplatzes und der Großen Kunstschau liegenden Waldstück ein Gebäude, dass ihn auf den ersten Blick an die Kuppel einer Sternwarte erinnert.

Neugierig nähert er sich diesem fremdartigen Gebilde. Auf dem Schild am Haus steht der Name „Käseglocke" und so sieht es ja auch aus. Es ist ein kuppelförmiger Bau, welcher, wie Hans erfuhr, 1926 von dem Schriftsteller Edwin Koenemann erbaut wurde. Das Innere des Hauses empfindet er, neben der futuristischen Form, einfach sehenswert. Das tollste, so wird er später berichten, ist der Ofen in der Mitte des Untergeschosses. Über dem Ofen befindet sich in der Zimmerdecke eine kleine Öffnung zum Arbeitszimmer im Obergeschoss. Durch diese konnte der Schriftsteller sich immer, unter Zuhilfenahme einer Kette, seinen warmen Tee vom Ofen im Untergeschoss nach oben ziehen.

Voller Freude und mit großer Zufriedenheit wandert Hans Becker anschließend durch den parkähnlichen Wald zum Museum am Modersohn-Haus in der Hembergstrasse.

Im ehemaligen Wohnhaus von Paula und Otto Modersohn wird die Vergangenheit mit ihren Möbeln und Bildern lebendig.

Im angrenzenden neuen Teil des Museums erhalten die Bilder der „Alten Worpsweder Meister" eine wunderbare Kraft und Ausstrahlung. Diese unglaubliche Wirkung verspürt

Hans noch, als er müde, aber erfüllt von den Erlebnissen des Tages, nach Fischerhude zurückgekehrt ist.

Am Abend, bei einem Glas Rotwein denkt Hans in großer Ausgeglichenheit und Ruhe über sich und sein Leben nach. Es ist ihm bewusst, dass er sich in den Tagen seines Aufenthaltes in Fischerhude und Worpswede verändert hat, dass er bedeutend ruhiger geworden ist und dass die Welt schöner wird, wenn man sich nicht nur auf die Erfüllung der Arbeitsaufgaben konzentriert.

Arbeit ist für ihn zwar immer noch notwendig, um existieren zu können, aber ein gutes und glückliches Leben, so scheint es ihm seit kurzem, besteht aus einem scheinbar unendlichen Kaleidoskop von Bildern, Melodien, Gefühlen und Entdeckungen, die er, so nimmt er sich vor, in Zukunft zu einem sehr wichtigen Teil seiner Bedürfnisse machen will.

Er entschließt sich, Clara von seinen Eindrücken und Erfahrungen in einem Brief zu berichten. In seinen geheimsten Gedanken bekommt er eine Gänsehaut, wenn er sich vorstellt, seine Erlebnisse mit Clara bei einem gemeinsamen Besuch in Fischerhude noch intensiver zu fühlen.

Hans greift zu Papier und Schreibgerät, um sein Vorhaben in die Tat umzusetzen. Er beginnt den Brief mit dem Hinweis auf die Änderung seiner Reisepläne und warum er nach

Fischerhude gefahren ist.

Die Schilderungen über die Landschaft und die Kunstwerke die er bisher in Worpswede und Fischerhude kennen gelernt hat, werden zu einem Hauptteil des Briefes. Er schreibt davon, dass er Empfindungen bei sich entdeckt hat, die ihm vor dem Besuch in Fischerhude nicht bekannt waren.

Am Ende scheint ihm sein Enthusiasmus zwar leicht übertrieben, aber er ändert nichts an seinem Bericht.

Mit lieben Grüßen und dem Wunsch, sich mit ihr nach seiner Rückkehr einmal auf einen Kaffee zu treffen, beendet er den Brief, steckt ihn in einen Umschlag und trägt ihn zum Briefkasten.

Clara Westermann

Clara Westermann kommt von einem Foto-
termin gegen 18 Uhr nach Hause. Sie öffnet den
Briefkasten, entnimmt diesem eine Zeitung und
einige Briefe.

In ihrer Wohnung im ersten Obergeschoss
eines Sechsfamilienhauses einer örtlichen Woh-
nungsgenossenschaft legt sie die Post auf den
Küchentisch, nimmt die Kaffeedose aus dem
Schrank und bereitet sich ein Kännchen Kaffee.

Den fertig gebrühten Kaffee in eine Tasse
gießend lässt sie sich am Tisch nieder und greift
nach den mitgebrachten Briefen.

Eine Postkarte ihrer Freundin aus Borkum,
zwei Werbebriefe und dann ist da noch ein
etwas merkwürdiger graublauer Umschlag. Die
vertraute Handschrift wird beim erkennen der
Absenderangabe zur Gewissheit und ihr Herz
schlägt aufgeregt, obwohl sie gedacht hat, dass
sie die Trennung von Hans im Verlauf des
letzten Monats überwunden hätte.

Mit zitternden Fingern öffnet sie den Umschlag, entnimmt den Brief, entfaltet ihn und
vertieft sich gespannt in dessen Inhalt.

Ungläubig bemerkt sie ihre große Freude über
die Worte eines Mannes, den sie schon vergessen zu haben glaubte. Dass Hans zu so
tiefgreifenden Empfindungen fähig ist, hätte sie
ihm nicht zugetraut. Sie hatte in der letzten
Zeit ihres Zusammenlebens nur noch einen

Menschen gesehen, der im Trott der Arbeitswelt und in der Verfolgung seiner Karriere jedes andere lebenswerte Detail verdrängt hatte.

Und jetzt schreibt er von Ruhe und Frieden in einer besonderen Landschaft mit zauberhaften Wolkenbildern und von Künstlerinnen und Künstlern, welche diese Natur mit Farbe und Pinsel zu Kunstwerken erheben. Er berichtet von den Menschen und den Fachwerkhäusern, die in den Bildern einen besonderen Platz einnehmen.

Clara kann es kaum glauben, dass Hans einen Brief schreiben kann, bei dem sie während des Lesens, zwischen den Zeilen, einschmeichelnde Musik zu hören glaubt.

Beim Betrachten der vor ihrem inneren Auge entstandenen Landschaft, die von den Worten des Briefes und der beim Lesen empfundenen Musik entstanden ist, bemerkt sie, wie sich in ihrem Inneren eine friedliche Ruhe ausbreitet.

Clara entdeckt überrascht, in welchem Maße ihre Gefühle mit den geschilderten Empfindungen von Hans übereinstimmen. Ganz besonders freut sie sich, dass er sich nach seinem Urlaub bei ihr melden will. In ihren Gedanken wartet sie ab sofort sehr ungeduldig auf den angekündigten Anruf.

Am späten Nachmittag besucht sie ihre Mutter, die mit ihrem Partner in einer nahe gelegenen Wohnanlage lebt. In der Wohnung begrüßt Clara mit fröhlichem Gesicht und munterer Stimme ihre Mutter.

Das kommt der Mutter, die ihre Tochter kennt, wie wahrscheinlich jede Mutter mehr oder weniger das eigene Kind kennt, eigenartig vor. Sie bemerkt die leuchtenden Augen ihrer Tochter. Da muss etwas passiert sein denkt sie und als Clara ihr erklärt, dass nichts besonderes passiert ist, glaubt sie das nicht. Als Clara den zweifelnden Blick ihrer Mutter sieht, wird ihr klar, dass sie den wahren Grund für ihre gute Laune nicht lange verschweigen kann.

Sie setzt sich der neugierigen Mutter gegenüber, nimmt deren Hände und erzählt ihr von dem Brief, den Hans ihr aus Fischerhude geschrieben hat.

Als Clara's Mutter das hört, breitet sich Erleichterung in ihr aus. Für sie sieht die Welt plötzlich wieder so hell und frisch, wie ein bunter Blumenteppich aus. Plötzlich ist sie beruhigt, die letzten Wochen hatten ihr immer deutlicher gezeigt, wie unglücklich ihre Tochter, trotz ihrer erfolgreichen Arbeit als Fotografin, ist.

Am Anfang konnte sie nicht verstehen, warum Clara sich von Hans getrennt hat. Als aber nach anfänglichem Schweigen Clara der Mutter die Motive für ihre Entscheidung mitgeteilt hat, hat sie ihre Tochter verstanden.

Als sie sich an ihre eigene turbulente und nicht immer glückliche Jugendzeit erinnert, ist sie auch ein wenig stolz auf ihre selbstbewusste

Tochter. Dass Hans die schönen Seiten des Lebens und die persönliche Beziehung zu Clara seinem Beruf untergeordnet hatte, war eine riesige Enttäuschung über die auch sie nicht einfach hinweggehen konnte.

Die tiefe Enttäuschung ihrer Tochter erinnerte sie an ihre eigene Vergangenheit. Sie fühlte mit ihr, weil sie sich vor 25 Jahren von Clara's Vater getrennt hat, weil ihm seine Karriere wichtiger war als ihre Beziehung.

Obwohl sie Clara eine liebevolle Mutter gewesen ist, waren die Schwierigkeiten als alleinerziehende Mutter beträchtlich, doch ihre selbstbewusste Entscheidung hat sie nie bereut. Mit ihrem jetzigen Lebenspartner unterhält sie seit 9 Jahren eine gleichberechtigte Beziehung, in der ihre Eigenständigkeit ein unverzichtbarer sicherer Anker für sie ist.

Nachdem ihr Clara vom Brief aus Fischerhude berichtet hat, hofft sie, dass aus Clara und Hans doch noch ein glückliches Paar wird. Sie jedenfalls will alles in ihren Kräften stehende tun, damit ihre Tochter und Hans eine gemeinsame Zukunft haben. Eine Zukunft, in der beide ihre persönlichen Eigenarten behalten und sich als Menschen mit gegenseitiger Achtung begegnen.

Nach einem schönen Nachmittag mit ihrer Mutter, geht Clara in einer Hochstimmung, die ihr ein wenig unheimlich ist, durch den Stadtpark und die beginnende Dämmerung zu ihrer Wohnung. Hier angekommen, hat sie das Gefühl, der Brief aus Fischerhude, den sie in die Schublade ihres Schreibtisches gelegt hatte, wäre ein enorm starker Magnet, von dem sie unaufhaltsam angezogen wird.

Als sie dem Sog nicht länger widerstehen kann, öffnet sie die Schublade, nimmt den Brief und liest ihn zum wiederholten Mal. Als Clara den Brief zurück in die Schreibtischschublade gelegt hat, entschließt sie sich, um der Spannung, die sie befallen hat, zu begegnen, ein beruhigendes Duschbad zu nehmen.

Die wärmenden Strahlen der Dusche beruhigen sie tatsächlich. Mit geschlossenen Augen lässt sie sich das Wasser lange über Kopf und Körper rinnen.

Nach dem solchermaßen erfolgreichen Bad kuschelt Clara sich in ihren Lieblingssessel. Sie freut sich auf das Wiedersehen mit Hans, dabei schweifen ihre Gedanken zurück in die Zeit, in der sie Hans kennen gelernt hat.

Sie hatte mit ihrer Freundin Ingrid einen Vortrag über Arbeitsorganisation an der Bergischen Universität besucht. Ihr war ein junger Mann aufgefallen, der sich engagiert an der Diskussion über den Vortrag beteiligte.

Nach der Veranstaltung gingen Clara und Ingrid noch in die Uni-Kneipe. Es war Zufall, dass an ihrem Tisch der junge Mann, der ihr schon aufgefallen war, einen freien Platz fand.

Der gut aussehende Mann mit seinem charmanten Lachen und seiner Neugier stellte sich vor: „Mein Name ist Hans Becker, sie sind mir schon beim Vortrag in der Uni aufgefallen, ich studiere Druck- und Medientechnik."

Mit einem Lächeln bat er die Freundinnen ihn Hans zu nennen. Ingrid, die beherzte Freundin erwidert die Bitte ihrerseits mit: „Ich heiße Ingrid Bertram und bin Buchhändlerin und das ist meine Freundin, die Fotografin Clara Westermann. Hans nennen wir dich nur, wenn wir für dich Clara und Ingrid sind".

Es wurde ein schöner Abend mit lockerer Unterhaltung. Die endete, als Clara sich wegen der fortgeschrittenen Zeit verabschiedete. Ingrid wollte ihre Freundin begleiten, weil sie ebenfalls nach Hause wollte. „Ihr könnt mit mir nach Haus fahren", sagte Hans. „Für mich und mein Auto ist das kein besonderer Umstand".

Die zwei Freundinnen stimmten zu und waren froh, auf diese Weise schnell nach Hause zu kommen. Zuerst stieg Ingrid bei ihrer Wohnung aus, dann fuhr Hans weiter, um kurz darauf vor Claras Wohnung anzuhalten. Sie verabschiedete sich von Hans, bedankte sich für den schönen Abend und dem freundlichen Taxidienst. Als sie die Wagentür öffnete, bat Hans sie um ein Wiedersehen. Clara zögerte kurz, aber weil auch sie Hans näher kennen lernen wollte, stimmte sie zu. Erst als Hans und Clara ihre Telefonnummern ausgetauscht hatten, stieg sie aus, ging zur Haustür, drehte sich um und schaute nachdenklich dem Auto hinterher.

Aus dem zweiten Treffen wurden das dritte, das vierte und noch viele weitere Treffen. Es dauerte nicht lange und Clara und Hans waren ein Paar.

Es war wohl der tödliche Unfall seiner Eltern, der Hans aus dem seelischen Gleichgewicht brachte. Er verschloss sich immer mehr, er flüchtete in die Arbeit, und er vernachlässigte ihre Liebe. Gemeinsame Unternehmungen fanden nicht mehr statt.

Clara bekam große Angst, sie fürchtete, dass ihre Liebe zu Hans verloren gehen würde. Sie beschloss die Beziehung zu beenden, bevor aus ihrer Liebe Gleichgültigkeit oder sogar Abneigung würde.

Sie erinnert sich gut an das erstaunte Gesicht, das Hans zeigte als sie ihm sagte, dass sie sich von ihm trennen will.

„Liebst du mich nicht mehr?" brachte er mit Mühe heraus.

Clara wollte ihm gerne klar machen, dass das Gegenteil der Fall sei, aber sie erreichte ihn nicht, er verstand sie nicht.

Ihr letzter Gedanke an diesem Abend, mit dem sie sich schlafen legt, ist die Hoffnung, dass Hans sich so verändert hat, dass er nun in der Lage ist, sie zu verstehen.

Hans in Bremen

Für Hans hat der letzte Tag seines Kurzurlaubs schon früh begonnen. Nach dem Frühstück fährt er zur nahe gelegenen Bahnstation in Sagehorn. Das Auto stellt er auf dem Parkplatz der Bahn ab, anschließend erwirbt er im Stationsgebäude am Automaten eine Fahrkarte nach Bremen. Der Zug kommt pünktlich und Hans kann nach ca. 25 Minuten in Bremen Hbf. aussteigen.

Bei seinem Gang vom Bahnhof in Richtung Innenstadt umfängt ihn ein buntes Treiben. Touristen, Händler, Kinder, junge und alte Menschen laufen über Straßen und Gehwege. Zwischen blonden und rothaarigen fröhlichen Kindern, Frauen und Männern bewegen sich dunkelhaarige Menschen und solche mit verschiedenen Hautfarben. Alle zusammen bilden ein buntes Universum im Zusammenleben unterschiedlicher Menschen und Kulturen.

Im Verlauf seines weiteren Weges entdeckt Hans von einer Brücke aus in einiger Entfernung Bremens schöne, alte Windmühle.

Als er nach geraumer Zeit den Marktplatz mit dem Standbild des „Bremer Roland" erreicht hat, ist er begeistert vom prachtvollen Rathaus und den anderen, den Platz umsäumenden Gebäuden.

Der „Roland" ist das Wahrzeichen der Stadt Bremen. Er verkündet und garantiert die Marktrechte und Freiheiten, die der Stadt verliehen wurden. Hans liest, was seit 1512 auf dem Schild des Roland steht:

„Freiheit tu ich euch öffentlich kund
die Karl und mancher Fürst fürwahr
dieser Stätte gegeben hat
dafür danket Gott, das ist mein Rat!"

An den Rändern des Marktplatzes befinden sich neben den stattlichen Repräsentationsbauten einladende Restaurants und Cafés, auf deren Terrassen es sich die Gäste in der wärmenden Sonne gut gehen lassen.

Von Bremen ist Hans schon jetzt total überrascht, hat er sich doch diese Großstadt ganz anders vorgestellt.

Als ihm klar wird, dass er bisher nur einen kleinen Teil dieser Stadt gesehen hat, fällt ihm die Empfehlung des Malers aus dem Schankraum des Restaurants Berkelmann ein. Wenn er nach Bremen komme, müsse er unbedingt die „Böttcherstraße", dieses Gesamtkunstwerk, mit der überwiegend expressionistischen Architektur, seinen Museen und Plastiken besuchen. Wenn er müde würde und von der Kultur ermattet sei, könne er sich im alten Hafen ausruhen oder im nahegelegenen „Schnoorviertel" nach dem Genuss von Kaffee und Kuchen an den Angeboten der Kunsthandwerker und Händler ergötzen, oder auch die eine oder andere nützliche oder unnütze Kleinigkeit erwerben.

Diesem Rat folgend, begibt er sich unter einem goldenen Relief hindurch in die Böttcherstraße. Dieses Relief am Eingang der ca. 100 Meter langen, zur Weser führenden, Straße stammt von dem Künstler Bernhard Hoetger und es trägt den Namen „Der Lichtbringer".

Hans lernt die Kunst gerade erst kennen, aber die Schönheit und Vielfalt der Böttcherstraße begeistert ihn sehr. Als nächstes entdeckt Hans an einem beeindruckenden Backsteingebäude die Hinweistafel auf das Paula-Becker-Modersohn-Museum.

Kein langes Nachdenken, Eintrittskarte erwerben und schon steht Hans zwischen Bildern, deren kräftige Erdhaftigkeit ihm schon bei den Bildern dieser Künstlerin in Worpswede und Fischerhude aufgefallen ist.

Nach dem Besuch des Museums beschließt Hans, seine Exkursion zu beenden. Alles, was er noch nicht gesehen hat, möchte er am liebsten zusammen mit Clara entdecken.

Am Abend bringt die Eisenbahn Hans Becker sicher zurück nach Sagehorn zu seinem Auto. Für den Abschluss des Tages hat er sich vorgenommen, im malerischen Gasthof „Körber" sein Abendessen einzunehmen.

Noch einmal spaziert Hans entlang der Dorfwiese, der Kirche, dem Heimathaus Irmintraut, durch Fischerhudes Mitte. Später, bei einem letzten Bier im Schankraum des Gasthofes Berkelmann, verabschiedet er sich von dem Maler, dem er so viele Hinweise verdankt.

Bei dem ausgedehnten Frühstück am Abreisetag, lässt Hans die Erlebnisse der vergangenen Tage noch einmal vor seinem inneren Auge Revue passieren. Mit einem leicht wehmütigen Gefühl und einem letzten Schluck Kaffee verabschiedet sich Hans von den Wirtsleuten.

Die Fahrt in Richtung Autobahn verläuft sehr geruhsam, so als ob der Wagen eigentlich gar nicht weiterfahren wollte und dass er lieber in Fischerhude geblieben´wäre.

Bei der Fahrt zurück in die Heimat, wechseln die unterschiedlichsten Gedanken in seinem Kopf ständig zwischen der Erinnerung an die Tage in Fischerhude, Worpswede und Bremen hin und her. Einen kurzen Moment denkt er an seine Arbeit, vor allem aber denkt er an das erhoffte Treffen mit Clara.

Hans ist zu Hause

Am Nachmittag, zurück in seiner Wohnung erledigt er sorgfältig die notwendigen Arbeiten wie schmutzige Wäsche waschen, nicht Gebrauchtes in die Schränke einräumen u.s.w. Nach kurzer Zeit ist alles zu seiner Zufriedenheit erledigt.

Nachdem er seine Post sortiert und festgestellt hat, dass nichts wichtiges dabei ist, entschließt er sich die Urlaubstage dort zu beenden, wo er sie begonnen hat.

Im Lieblingsrestaurant freut er sich, als er seinen Nachbarn Paul Vogel mit seiner Frau Lisa sieht. Nach der gegenseitigen Begrüßung wird Hans eingeladen am Tisch der Vogels Platz zu nehmen.

„Na, wie war dein Urlaub?

Wo warst du denn?", wollen die Vogels sofort wissen, besonders Lisa scheint sehr neugierig zu sein, hatte sie sich doch, ohne sich dessen gewiss zu sein, gedacht, dass Hans Becker nicht in die Alpen fahren würde. Nachdem ihr Mann von seinem Gespräch vor der Urlaubsreise berichtet hatte, konnte sich Lisa nichts anderes vorstellen, als dass Hans nach Fischerhude fahren müsse.

Bevor Hans auf die Fragen eingeht, bestellt er sich Lachsfilet mit Spinat und Kartoffeln, dann genehmigt er sich einen tiefen Schluck Bier und beginnt seinen Bericht.

„Also, ich muss mich vorweg einmal ganz besonders für den Tip Worpswede, Fischerhude bedanken. Die wenigen Tage meines Aufenthaltes haben mir eine Landschaft gezeigt, die mich tief berührt hat. Mir ist klar geworden, was die Natur für die Künstlerinnen und Künstler bedeutet. Ich bin kein Maler, aber ich bin sicher, dass ich gelernt habe, ein bisschen mit den Augen eines Künstlers zu sehen.“

Lisa und Paul Vogel hatten den spontanen Dank amüsiert aufgenommen. Weil die Vogels bereits seit längerer Zeit die Kunst und die Landschaft rund um Fischerhude kannten, fanden sie die Begeisterung ihres Nachbarn zunächst etwas übertrieben.

Nach dem mit großem Genuss verzehrten Abendessen fährt Hans Bäcker mit seinen Erzählungen fort. Die Menge der Eindrücke in diesen Tagen des Kurzurlaubs erscheint Hans so riesig, dass er nicht daran glaubt, an diesem Abend mit seinen Berichten fertig zu werden.

Lisa und Paul sind, während Hans voller Eifer seine Erlebnisse kundtut, nun nicht mehr der Meinung, dass dessen Begeisterung übertrieben ist. Im Gegenteil, mit den Erzählungen erwachen zunehmend die eigenen Erinnerungen an ihre Besuche in Fischerhude, Worpswede und Bremen.

Als Hans sich gegen 21 Uhr, mit dem entschuldigenden Hinweis „Morgen ist mein erster Arbeitstag nach meinem Urlaub“, von seinen Nachbarn verabschiedet, fühlt er sich rundherum zufrieden.

Lisa und Paul , die den Erzählungen ihres Nachbarn mit viel Freude gefolgt sind, beschäftigen noch spät am Abend auf dem Heimweg ihre eigenen Erinnerungen. Es ist nach Mitternacht als sie sich endlich zur Ruhe begeben.

Die Verabredung

Als Hans Becker am frühen Morgen zur Arbeit fährt, wird ihm sehr deutlich bewusst, dass er mit seinem Leben nicht so weitermachen kann, wie in der Vergangenheit. Sein Beruf ist ihm sehr wichtig, aber er ist nur ein wichtiger Teil seines Lebens. Doch zum Glück, so hat er gelernt, bedarf es mehr als Zufriedenheit im Beruf. Seine Vorstellung umfasst auch die Liebe zu Clara und der Wunsch nach einer richtigen Familie mit Kindern.

An dieser Stelle angekommen, fällt ihm ein, dass er diese Visionen erst weiter träumen darf oder vergessen muss, wenn er mit Clara über seine Gedanken gesprochen hat. Er nimmt sich fest vor, während der Mittagspause Clara anzurufen, um ein Treffen zu vereinbaren.

Der Vormittag im Betrieb nimmt ihn sehr in Anspruch, einige neue Aufgaben sind in der Zeit seiner Abwesenheit auf seinem Schreibtisch gelandet. Als er sich diese neuen Aufgaben vornimmt, erscheint ihm sein Vorhaben, die schönen Seiten des Lebens nicht zu vergessen, immer wichtiger zu werden. Er will sich nicht mehr vom Zeitdruck erpressen lassen. Mit sorgfältiger und zuverlässiger Arbeit will er seinem Anspruch auf optimale Erledigung seiner Aufgaben erfüllen. Um nicht dem Stress der vergangenen Zeit erneut zu erliegen, hilft ihm der Besuch in Fischerhude und Worpswede

Hans hat das Gefühl, dass in ihm durch die schöne Landschaft und die in ihr lebenden und wirkenden Künstler, eine Ruhe entstanden ist, in der Stress keine Rolle spielt.

In der Mittagspause nimmt er sein Handy und wählt voller Erwartung Claras Nummer. Schon nach dem zweiten Klingelton meldet sich Clara mit der von ihm so sehr vermissten sanften Stimme: „Westermann" klingt es an sein Ohr. Nach dem er Clara begrüßt hat, fragt er wie es ihr geht. Sie erzählt ihm, dass sie seit dem Tag, an dem sie seinen Brief gelesen hat, sich auf seinen Anruf freut. Hans, der über ihre Worte sehr glücklich ist, sagt, dass er ihr gerne von seinem Kurzurlaub berichten möchte. Was er in seinem Brief schon skizziert hat, will er ergänzen und mehr von seiner Reise erzählen. Aus diesem Grund fragt er sie, ob er sie am Abend zum Essen in sein Lieblingsrestaurant einladen darf.

Clara ist sofort einverstanden. Er schlägt vor, dass er sie um 19 Uhr abholt und sie gemeinsam zum Restaurant gehen. Nach diesem Telefongespräch fühlt Hans sich sehr erleichtert und es ist ihm, als ob ihm Pflastersteine von der Brust gefallen wären.

Aber als sich die Stressbazillen schon erneut hektisch auf den Abend vorbereiten wollen, gelingt es Hans seine Ruhe zu behalten. Er erledigt seine beruflichen Aufgaben mit der ihm eigenen Sorgfalt.

Am Ende dieses ersten Arbeitstages verlässt er voller Vorfreude die Firma. Auf dem Weg nach Hause überlegt Hans, eine Rose für Clara zu kaufen. Er weiß zwar nicht genau warum, aber er verwirft diesen Gedanken.

Zu Hause angekommen, verwöhnt er sich mit einem ausgedehnten und erholsamen Duschbad. Nach einer kurzen Überlegung zur Garderobe des Tages entscheidet Hans sich für ein sportliches Outfit. Dann macht er sich auf den Weg und holt Clara ab.

Clara und Hans

Im Restaurant sitzen sich Clara und Hans in seltsamer Verlegenheit gegenüber. Eine entspannte Unterhaltung will sich zunächst nicht einstellen. Beim aussuchen der Speisen und der Wahl der Getränke, suchen beide in ihren Gedanken nach einer zündenden Idee für die so sehr gewünschte Unterhaltung.

Nachdem die Kellnerin die Aperitifs serviert hat, ist es Clara, die sich entschlossen zu der Aufforderung entschließt:

„Erzähl doch mal, was dich so besonders an deinem Kurzurlaub beeindruckt hat."

Dieser Aufforderung kommt Hans sehr gerne nach. Seine ersten Worte, denen man die Begeisterung anmerkt, vertreiben die gehemmte Stimmung zwischen ihnen. Es entwickelt sich ein Gespräch, das aus detailreichen Schilderungen und interessierten Fragen zwischen Clara und Hans hin und her springt.

Das Essen und der Genuss des gewählten Weines schaffen sanfte und genüssliche Pausen im Fluss der geballten Wortfluten. Lange noch erzählt Hans von seinen Erlebnissen und Clara fragt, durch ihre eigenen Gedanken als Fotografin inspiriert, vor allem nach den bildenden Künstlerinnen und Künstlern. Bei den Schilderungen der Landschaft will sie ganz genau wissen, wie das Licht, die Farben und Kontraste wirken. Hans beantwortet die Fragen und bemerkt, wie sich gleichzeitig die Fischerhuder Ruhe und Ausgeglichenheit, wie er sie bezeichnet, in ihm ausbreitet.

Es wird noch ein ausgedehnter Abend, bevor sich die beiden aus dem Restaurant verabschieden. Auf dem Weg zu Claras Wohnung wechseln Sie und Hans von ihren Gesprächen in eine nachdenkliche, man könnte auch sagen verlegene Schweigsamkeit.

Wird Clara ihn in ihre Wohnung einladen, fragt sich Hans. Ob ich ihn wohl zu mir einladen soll, denkt Clara.

An der Haustür angekommen, bedankt sich Clara für den wunderbaren Abend.

Die Erlebnisse von Hans haben sie sehr beeindruckt, und sie hat gespürt, dass er sehr anders geworden ist. Er kommst ihr sehr ausgeglichen vor und er macht auch nicht mehr den Eindruck eines Getriebenen. Die Kunst und die Landschaft haben ihn ohne Zweifel sehr verändert. Und sie denkt bei sich, wenn er so ist, wie er sich in jüngster Zeit verhält, dann möchte ich sehr gerne mit ihm eine Reise nach Fischerhude unternehmen.

Hans, der sich nach langer Zeit so wohl fühlt, dass er mit leuchtenden Augen darüber nachdenkt, über gemeinsame Reisen hinaus, mit Clara zusammen zu leben. Clara der das Leuchten in seinen Augen nicht verborgen bleibt, beugt sich nach vorn, nimmt seinen Kopf zwischen ihre Hände und küsst ihn ganz zärtlich auf den Mund. Bevor Hans sich aus seiner Glücksstarre befreien kann, sagt sie, „Lieber Hans, lass uns am kommenden Sonntag eine kleine Wanderung im Oberbergischen Land unternehmen. Jetzt ist es Zeit schlafen zu gehen, auch wenn ich nicht genau weiß, ob ich schlafen kann."

Obwohl Hans im geheimen auf eine Einladung in Claras Wohnung gehofft hatte, wird seine kleine Enttäuschung von der großen Freude über Claras Worte weggewischt. „Liebe Clara, schlaf gut und träume etwas schönes, damit du mir, wenn wir am Sonntag wandern gehen, von deinen Träumen erzählen kannst."

„Schlaf ebenfalls gut." Nach diesen Worten und einer weiteren Umarmung schließt Clara die Haustüre hinter sich. Hans geht mit einem großen Glücksgefühl zu seiner Wohnung. In dieser angekommen, muss er sich sehr bezähmen, nicht vor Freude einen lauten Jodler anzustimmen. Als er nach einem kleinen „Absacker" sich zur Nachtruhe vorbereitet hat, legt er sich mit riesigem Wohlbehagen in sein Bett.

Lange kann er nicht einschlafen, aber dann gleitet er doch in das Reich der Träume und was er dort sieht, lässt ihn am Morgen mit einer prächtigen Stimmung erwachen.

Hans in der Firma

Noch von positiven Gedanken erfüllt fährt er in die Firma. Die Kolleginnen und Kollegen mit fröhlichem „Guten Morgen" begrüßend, setzt er sich an seinen Schreibtisch, sortiert seine Aufgaben, plant die nächsten Schritte und nimmt sich vor, seinen Vorgesetzten, Herrn Richter, auf die Auseinandersetzung, die vor seinem Urlaub stattgefunden hatte, anzusprechen, um das angespannte Klima zwischen ihnen zu bereinigen.

Am Telefon bittet er Herrn Richter um einen Termin, dieser sagt, wenn er es einrichten kann, soll er sofort zu ihm in sein Büro kommen. Hans macht sich unverzüglich auf den Weg, um die unangenehme Sache aus der Welt zu schaffen. Auf das „Herein" nach dem Anklopfen öffnet Hans die Tür, geht auf Herrn Richter, der sich von seinem Stuhl hinter dem Schreibtisch erhoben hatte zu, um die dargebotene Hand zu ergreifen.

„Nehmen sie Platz", Herr Richter weist auf einen kleinen Sessel an einem runden Besprechungstisch.

Nachdem Hans Platz genommen hat, lässt sich Herr Richter in dem anderen Sessel nieder. „Möchten sie eine Tasse Kaffee." „Danke, aber wenn ich ein Glas Wasser haben könnte." Richter nimmt zwei Gläser aus einem Schrank, eine Flasche Mineralwasser aus einer Kühlbox und füllt die Gläser.

„Nun, was kann ich für sie tun?" Hans beschreibt die Beweggründe für seinen Gesprächswunsch und endet mit den Worten, „Ich möchte mich ausdrücklich für meine aufbrausende Art und Weise, unabhängig vom Inhalt der angesprochenen Auseinandersetzung, entschuldigen."

„Na ja, das war schon heftig. Ich war doch sehr verwundert von ihrem Ton". „Sie haben Recht" bemerkt Hans, „ich war offensichtlich sehr gestresst, aber während meines Kurzurlaubs habe ich viel Zeit gehabt darüber nachzudenken. Dabei habe mich entschlossen im Sinne eines guten Betriebsklimas die heutige Aussprache zu suchen".

„Nun, wenn wir schon dabei sind, ist es auch an mir, Sie um Nachsicht zu bitten. Ihr Urteil in der damals zur Debatte stehenden Sache war, wenn ich einmal von der Art und Weise ihrer Argumentation absehe, absolut richtig. Mir ist das erst sehr viel später klar geworden."

Das hatte Hans sich nicht vorgestellt. Er wartete auf weitere Ausführungen seines Vorgesetzten. Dieser nimmt einen Schluck Wasser und fährt fort: „Auf Grund Ihrer Argumente hat unsere Entwicklungsabteilung neue Untersuchungen vorgenommen und Versuche durchgeführt. Die Ergebnisse bestätigen ihre Vorstellungen und runden das neue Projekt ab."

Nach einer kurzen Pause räuspert sich Herr Richter und sieht Hans noch einmal prüfend an. „Könnten sie sich vorstellen, das gesamte Projekt als verantwortlicher Ingenieur auf den Weg zu bringen?"

Nach dieser völlig unerwarteten Wendung des Gesprächs ist Hans sehr überrascht und hat große Mühe, seine Fassung zu bewahren.

„Danke, ich freue mich dass sie mir die Erfüllung dieser Aufgabe zutrauen. Sie zum Erfolg zu führen, kann ich mir sehr gut vorstellen".

Am Stammtisch

Paul Vogel sitzt bereits am Stammtisch in der Gaststube, als Hans herein kommt. Nach herzlicher Begrüßung nimmt er Platz. Nach den ersten Zügen vom frisch gezapften Pils und den üblichen Fragen zur Gesundheit, plätschert die Unterhaltung so vor sich hin, bis Paul sich bei Hans erkundigt, was die Entdeckung der Kunst in Fischerhude, Worpswede und Bremen in seinem Leben verändert hat.

Die Frage treibt Hans ein helles Leuchten in die Augen und er denkt, bei einer längeren Pause, in der er seine Gedanken sammelt und sortiert, dass die Frage von Paul wohl ein Schlüssel für die Tür zum Eintritt in die Welt der Schönheit und der Kultur ist. Von den ersten Eindrücken hatte er den Vogels bereits berichtet. Heute will er einen ausführlicheren Bericht abgeben.

Als er seine Erzählung gedanklich geordnet hat, beginnt er seinen Reisebericht. Der Nachbar hört, dass die Reise nach Fischerhude für Hans, neben der Entdeckung der Kunst und der wunderbaren Landschaft, die Wiederentdeckung der Liebe zu Clara ist. Er spricht von seiner Erkenntnis, dass das Leben nicht nur aus Arbeit besteht, sondern dass Kunst und Kultur, wie Natur und die Liebe eine Bereicherung für das Leben bereit hält.

Weil es für Hans auch noch andere wichtige

Dinge gibt, berichtet er Paul von dem Gespräch mit seinem Chef. Er kann es immer noch nicht richtig glauben, was ihm heute widerfahren ist.

Er berichtet seinem Nachbarn wie das Gespräch mit seinem Chef abgelaufen ist und wie ihn dessen Angebot, als Chefingenieur ein neues Projekt zu übernehmen, überrascht hat.

Paul, der sich offensichtlich an der Begeisterung seines Gesprächspartners erfreut, fragt diesen nach einer kleinen Pause, was dessen weitere Pläne sind. Hans überlegt einen Moment und erklärt.

„Beruflich werde ich mich verantwortlich dem neuen Projekt der Firma widmen". Weil die Entdeckung der Kunst in Worpswede und Fischerhude Hans so sehr begeistert hat, möchte er als nächstes in eine andere Landschaft reisen die ebenfalls Künstlerinnen und Künstler zu ihren Werken inspiriert hat.

Im Internet hat er die Expressionisten entdeckt, die in der südlich von München gelegenen Landschaft gewohnt und gearbeitet haben.

Das Bayerische Seenland mit seiner schönen Landschaft ist Hans nicht völlig unbekannt, aber die Künstlerinnen und Künstler, welche in dieser Landschaft gelebt und gearbeitet haben, kennt er noch nicht.

Seine Überlegung richtet sich auf die Orte Murnau und Kochel sowie auf das Buchheim-Museum in Bernried am Starnberger See.

Außerdem würde er gerne diese Reise mit Clara unternehmen.

„Das hört sich ja sehr schön an", bemerkt Paul und erzählt von einer Reise die er mit seiner Frau Lisa vor einiger Zeit ins Bayerische Seenland, unternommen hat.

„Wenn ich dich so über deine Pläne reden höre, wächst bei mir der Wunsch, ebenfalls noch einmal in diese Welt der Künstlerinnen und Künstler einzutauchen."

Als das Gespräch der Nachbarn zu Ende kommt, zahlen die beiden ihre Zeche, verlassen das Gasthaus, verabschieden sich voneinander und gehen mit schönen Gedanken nach Hause.

Im „Oberbergischen"

Hans holt am Sonntag bei herrlichem Wander-
wetter um 9:00 Uhr Clara von ihrer Wohnung
ab, um die geplante Wanderung im Oberbergischen Land zu unternehmen.

Er hatte sich überlegt, nach Marienheide an
die „Brucher", wie die Talsperre kurz genannt
wird, zu fahren. Nach einer Runde um die
Talsperre könnte es noch reizvoll sein, das Dorf
Müllenbach zu besuchen. Clara stimmt zu als er
seinen Vorschlag macht und sie denkt, dass sie
bei guten Lichtverhältnissen einige Bilder von
der Landschaft im Oberbergischen aufnehmen
kann.

Nach etwa einer Stunde ist der Wander-
parkplatz am südlichen Ende der „Brucher"
erreicht. Clara und Hans beginnen ihre Wanderung.

Vom Parkplatz durch den Wald leicht abwärts
gehend, gelangen sie an das Ufer des Gewässers.
Gegen den Uhrzeigersinn wandern die beiden
in unmittelbarer Nähe des Ufers der Staumauer
auf der Nordseite entgegen.

Wunderschöne Ausblicke über das Wasser
und auf die schöne Landschaft begeistern die
Fotografin ebenso wie den mittlerweile sensibel
gewordenen Hans. Nach der Überquerung der
Sperrmauer erreichen die Wanderer am West-
ufer die DLRG-Station und wandern von dort
entlang der Uferlinie auf der einen und den

Campingplätzen auf der anderen Wegseite in Richtung des Parkplatzes, den sie nach einer knappen Stunde Wanderzeit erreichen.

Von hier aus sind es nur fünf Minuten Autofahrt bis in den Ort Müllenbach.

Hans hat seinen Wagen auf dem Parkplatz am Friedhof der Gemeinde abgestellt. Nun wandern Clara und Hans talwärts bis zu der im 12. Jahrhundert erbauten romanischen Wehrkirche einer dreischiffigen Pfeilerbasilika. In ihrem Inneren sind Wandmalereien aus dem 14. Jahrhundert zu sehen. Mit ihnen gehört die Kleinbasilika zu den so genannten „Bonten Kerken" im Bergischen Land.

Das Volumen der zum Bau verwendeten Bruchsteine für die Müllenbacher Kirche ist größer als das Volumen ihres umbauten Raumes.

Nach der Besichtigung der Kirche wandern Clara und Hans durch einen lichten Tannenwald über einen leicht abfallenden Weg bis in den Ortsteil Dahl mit dem sehenswerten mutlich um 1585 erbauten ältesten Oberbergischen Bauernhaus, dem „Haus Dahl".

Weil sie sich nicht angemeldet haben, können sie das imposante Gebäude, in dem sich heute ein Heimatmuseum befindet, nicht besichtigen. Weiter talwärts erreichen Clara und Hans den Wanderweg nach Obernhagen, dem sie bergauf bis zur Abzweigung nach Müllenbach folgen.

Vorbei an einer ehemaligen Schießanlage und mehreren Steinbrüchen, die aus Sicherheitsgründen abgesperrt sind, verläuft der Weg entlang dieser Steinbrüche in denen in vergangener Zeit die so genannte „Grauwacke" abgebaut wurde. Zu erkennen sind auch noch erhebliche Teile des aufgeschütteten Bahndamms, der für den Transport der Grauwacke durch die Lorenbahn benötigt wurde.

Am Ortsrand von Müllenbach ist noch ein ehemaliger Schuppen der Bahn zu erkennen.

Noch eine weitere Sehenswürdigkeit erwartet die Wanderer in Müllenbach. Das Müllenbacher Haus der Geschichten ist ein über 100 Jahre altes Haus, das als Museum genutzt wird.

Das Haus haben die Literaten Heidi und Harry Böseke Anfang des 21. Jahrhunderts gekauft und es in ein Museum umgewandelt. Für dieses wurden und werden ständig Ausstellungsstücke zusammengetragen.

Im Haus der Geschichten werden nicht einzelne Exponate gezeigt, sondern vollständig eingerichtete Räume. So ist zum Beispiel ein alter „Tante-Emma-Laden" zu sehen, der in dem Zustand wie vor über 50 Jahren, in dem Haus gefunden wurde.

Weiterhin sind Originalgegenstände und die Einrichtung der früheren Dorfarztpraxis im Haus zu besichtigen.

Im ehemaligen Wohnraum des Hauses, servieren ehrenamtliche Helferinnen und Helfer

Kaffee und Kuchen. In diesem Ambiente wird die Geschichte des an der Wipper produzierten Schwarzpulvers anschaulich dargestellt.

Die Arbeit in den Steinbrüchen wird mit alten Lohnabrechnungen, Werkzeugen und Bildern dokumentiert.

Wenn bei besonderen Anlässen, wie dem Müllenbacher Büchertag die dem Haus angeschlossene „Fuhrmannskneipe" geöffnet wird, können die Besucher die Geschichte des ausgehenden 19. Jahrhunderts und den Anfangsjahren des 20. Jahrhunderts nachempfinden.

Mit großer Zufriedenheit besteigen Clara und Hans am späten Nachmittag das Auto, um zurück in ihren Heimatort zu fahren. Bei der Fahrt unterhalten sie sich über die heutigen Erlebnisse, über die Eindrücke beim Besuch der Museen und über die schöne Landschaft. Bei der lebhaften Unterhaltung spüren Clara und Hans, dass ihre gegenseitige Zuneigung mehr ist, dass sie ihre Liebe neu entdeckt haben.

Clara kann es immer noch nicht richtig glauben, dass Hans sich so verändert hat. Als sie ihm das mitteilt, antwortet er zu ihrer Verblüffung:

„Ich weiß selbst nicht, wie ich meine neuen Empfindungen erklären soll, aber ich möchte auf keinen Augenblick dieser Erfahrung verzichten."

Als die Wanderer von ihrem Ausflug bei Claras Wohnung angekommen sind, bittet Clara Hans in ihre Wohnung .

Die Unsicherheit , die sie beim letzten Treffen verspürt hat, ist verschwunden.

Die Freude über die Einladung lässt Hans über das ganze Gesicht strahlen. Und auch spät in der Nacht, als er von Clara zu seiner Wohnung fährt, verspürt er eine innere Wärme und er hofft, dass Clara bei der nächsten Verabredung seinem Vorschlag, gemeinsam in das Bayerische Seenland, dem „Blauen Land" zu reisen zustimmt.

Das "Blaue Land"

Durch den Besuch und die Erlebnisse in Worpswede und Fischerhude ist Hans so beeindruckt von der Malerei, dass er total neugierig geworden ist. Im Internet, in Büchern und Publikationen recherchiert er über die Künstler des Expressionismus. Er findet heraus, wie stark München und das Bayerische Seenland mit den Künstlerinnen und Künstlern des Expressionismus verbunden ist.

Als Hans am Abend aus dem Büro kommt, plant er mit Vorfreude die Reise, die er mit Clara in das Bayerische Seenland unternehmen will. Über Staffelsee, Starnberger See und Kochelsee möchte Hans sich informieren und welche Möglichkeiten es gibt, die Künstlerinnen und Künstler im so genannten „Blauen Land" kennen zu lernen.

Die markanten Orte in der Nähe der Museen Bernried, Murnau und Kochel am See bieten Hinweise auf Künstlerinnen und Künstler wie: Gabriele Münter und Wassily Kandinsky in Murnau, oder Franz Marc in Kochel am See und Lothar-Günther Buchheim in Bernried.

Die Liste der Künstlerinnen und Künstler, welche in der wunderschönen Landschaft mit ihren Seen und der beinahe immer sichtbaren Alpenkette, die sich zwischen Ammergauer Alpen über das Wettersteingebirge bis zur Zugspitze erstreckt, könnte noch sehr viel länger sein, doch Hans will sich nicht verzetteln und sich auf die Protagonisten des „Blauen Reiter" konzentrieren.

Zum Kreis der Expressionisten gehören neben vielen Anderen die Paare Wassily Kandinsky und Gabriele Münter, Marianne von Werefkin und Alexej Jawlensky sowie Franz Marc.

Die Recherche im Internet beschert Hans eine große Anzahl von Hinweisen und er erkennt, dass es eine schwierige Aufgabe ist, alle Möglichkeiten in eine Art von Machbarkeit im vorgesehenen Zeitrahmen zu sortieren und zu komprimieren.

Als er sich spät am Abend schlafen legt, nimmt er sich vor, seine vorläufigen Notizen bei nächster Gelegenheit mit seinem erfahrenen Nachbarn dem langsam zum Freund gewordenen, Paul Vogel zu besprechen.

Clara ruft am Nachmittag an und erklärt ihm, dass ihre Mutter es gerne hätte, wenn Hans sie mit ihr besuchen würde. Sie bittet ihn darum mit ihr zusammen am Abend zu ihrer Mutter zu gehen. Hans ist einverstanden und denkt, vielleicht kann ich bei dieser Gelegenheit meine Überlegungen zu einer Fahrt nach Oberbayern mitteilen.

Hans kauft in der nahe gelegenen Gärtnerei noch einen sehr schönen Strauß gelber Teerosen.

Am Abend holt er Clara ab und sie machen sich auf den Weg, die Mutter zu besuchen.

Als die Mutter mit strahlenden Lächeln die Rosen von Hans entgegennimmt, sagt Clara augenzwinkernd zu ihr: „Hallo, das sind keine roten Rosen, die darf er nur mir schenken", „Blödsinn, ich bin ja froh, wenn du ihn für dich alleine haben willst." „Aber", bemerkt Hans mit einem breiten Grinsen, „die letzte Entscheidung liegt bei mir".

Nach dieser fröhlichen Begrüßung nehmen die drei am liebevoll gedeckten Kaffeetisch Platz. Die Worte fliegen wie aufgeregte Spatzen zwischen ihnen hin und her. Unterbrochen wird das allgemeine Gemurmel, als es an der Tür klopft. Nach der freundlichen Aufforderung „Herein" steht Ludwig, der Lebenspartner von Claras Mutter Helga, in der Tür.

„Nimm Platz, ich hole rasch noch Geschirr und Besteck. Kaffee und Kuchen ist noch genügend vorhanden".

Hans nutzt die kurze Unterbrechung der Gespräche und berichtet von den Ergebnissen seiner Recherchen, die ihn auf das „Blaue Land" aufmerksam gemacht haben. „Das blaue Land, was ist das?" wollen Helga und Ludwig fast gleichzeitig wissen.

„Na ja, so viel weiß ich noch nicht, jedoch hat mich meine Reise nach Fischerhude und Worpswede total neugierig gemacht und ich will mehr wissen. Die Reise in eine schöne Landschaft und die in ihr tätigen Künstler kennen zu lernen,reizt mich.

Clara, die als Fotografin ohnehin einen Blick für Bilder hat, wäre eine fachkundige Unterstützung. Die Beschreibungen der Seen, der Orte, der Museen und der Künstlerinnen und Künstler versetzt die Zuhörenden, vor allem, Helga und Ludwig, in immer größeres Staunen, bis Helga ein überraschender Ausruf entschlüpft, „das ist ja absolut traumhaft, da möchte man am liebsten sofort mitfahren", ihre Spontanität ist ihr sichtbar peinlich, aber Ludwig rettet sie mit einem sympathischen Lächeln:

„Ja wenn du willst, dann fahren wir demnächst einmal nach Worpswede." Es war ein wunderschöner Abend in Helgas gemütlicher Wohnung.

Auf dem Heimweg sprachen Clara und Hans von ihren Erwartungen über die Reise nach Bayern und was sie dort alles unternehmen wollen. Clara möchte unbedingt Fotos machen, in denen das bläuliche Licht sichtbar wird, das dem „Blauen Land" den Namen gab. Sie möchte ihre Fotos mit den Bildern der Künstlerinnen und Künstler vergleichen.

Der Name „Der blaue Reiter" entstand, weil Kandinsky und Marc einer Ausstellung in München diesen Namen gaben.

Eine Publikation, in der Art eines Almanachs, den die Beiden herausgaben, wurde von ihnen „Der blaue Reiter" genannt.

Neben Wassily Kandinsky und Franz Marc

waren unter anderen August Macke, Gabriele Münter, Marianne von Werefkin, Alexej von Jawlensky, Alfred Kubin, Paul Klee und Hanns Bolz Mitarbeiter der Redaktion,

Sie alle gehörten zu den Expressionisten, die mehr oder weniger der Idee von der Gleichberechtigung der Kunstformen und der These von August Macke und Franz Marc zugestimmt haben:

„Jeder Mensch besitzt eine innere und eine äußere Erlebniswirklichkeit, die durch die Kunst zusammengeführt werden muss".

Wärend der Name der Landschaft dem blauen Licht geschuldet ist, entstand der Name „Der blaue Reiter", laut Kandinsky am Kaffeetisch in einer Gartenlaube. Beide liebten Blau, Marc – Pferde und Kandinsky – Reiter. So kamen sie auf den Namen.

Als Clara und Hans sich am späten Abend in eine glückliche Nacht verloren, war allerdings auch das „Blaue Land" und der „Blaue Reiter" vergessen.

Der "Blaue Reiter"

Am Mittwoch trifft Hans seinen Nachbarn, der mit der Pflege des Vorgartens beschäftigt ist. Nach der freundlichen Begrüßung, fängt Hans sofort an von dem schönen Gespräch am Vortag über das „Blaue Land" zu erzählen. Im Laufe des kleinen Feierabendgesprächs verabreden sich die beiden für den Donnerstagabend zu einem Gespräch über das „Blaue Land", die Expressionisten und die Oberbayrische Landschaft.

Als Hans am Donnerstag im Büro erscheint, liegen stapelweise Unterlagen, die das neue Projekt betreffen, auf seinem Schreibtisch.

Die beruflichen Herausforderungen schrecken Hans nicht, aber er empfindet doch einen scharfen Schnitt, als er sich von den Gedanken über den geplanten Urlaub verabschieden muss.

Die Routine der Arbeit holt Hans unerbittlich ein, als er sich in die Unterlagen des neuen Projektes einliest. Sich den spannenden Herausforderungen seiner Arbeit hingebend, empfindet er keine Unruhe, sondern eine beruhigende Begeisterung für das was er tut.

Ihm wird bewusst, dass alles was er jetzt fühlt, seine Ruhe, sein ausgeglichenes Wesen und seine wiederentdeckte Liebe, Teil eines Prozesses ist.

Mit seinen Erlebnissen in Worpswede und Fischerhude hat etwas begonnen, dass er noch lange nicht beenden will.

Am Abend verlässt Hans in einer sehr zufriedenen Stimmung das Büro.

Um 18 Uhr findet er sich in seinem Lieblingsrestaurant ein, um vor der vereinbarten Besprechung mit Paul eine Kleinigkeit zu essen.

Als Paul um 19 Uhr das Restaurant betritt, ist Hans schon gesättigt und freut sich auf das Gespräch, bei dem er noch viele Informationen über das "Blaue Land" einsammeln will.

Nach einigen Worten über die aktuelle Lage und die Neuigkeiten im Dorf, fordert Hans mit der Frage nach dem "Blauen Land" den von ihm ungeduldig erwarteten Bericht seines Freundes ein.

Schmunzelnd beobachtet Paul die unübersehbare Wissbegier seines Gegenüber.
Nach einen genüsslichen Schluck Pils räuspert er sich und beginnt seine Bericht.

„Also, es war vor einigen Jahren, Ende August, als Lisa und ich uns entschlossen, unseren Urlaub zur Hälfte im Bayerischen Seenland und zur Hälfte in den Dolomiten um den Rosengarten zu verbringen. Ein Hotel hatten wir für die zweite Hälfte in Thiers am Rosengarten gebucht.

Aber von Anfang an: Unsere Fahrt führte uns bei wunderschönem Wetter über München nach Murnau am Staffelsee. Der erste Halt war der Parkplatz am Fremdenverkehrsverein. Von einer freundlichen Angestellten des Vereins bekamen wir jede Menge Informationen über Murnau und seine kulturellen und künstlerischen Besonderheiten.

Leider wurde unsere Freude ein wenig getrübt, als uns mitgeteilt wurde, dass in Murnau ein internationaler Kongress stattfindet und aus diesem Grunde sich die Quartiersuche wohl schwierig gestalten könnte.

Mit dieser Realität konfrontiert, spazierten wir durch die Fußgängerzone und ließen uns zu einer Tasse Kaffee und einem Stück Kuchen in einem gemütlichen Straßencafé nieder.

Nach ausgiebiger Pause, in der wir unser weiteres Vorgehen besprochen haben, fiel unser Blick auf ein stattliches bayerisches Gasthaus. Bei näherer Betrachtung stellte sich heraus, dass in diesem Hause mit Namen Grießbräu, auch ein Hotel betrieben wurde.

Hier ein Zimmer zu bekommen, war ohne weitere Absprache unser gemeinsames Interesse.

Nach einem vorzüglichen Essen vom Buffet des Brauhausrestaurants und einer kleinen Erkundungsrunde durch das Dorf, sind wir in unserem Zimmer mit wohligem Vergnügen in Morpheus Arme gesunken.

Am folgenden Morgen, nach dem Frühstück und dem verladen unseres Gepäcks in das Auto, machten wir uns auf den Weg zum Franz-Marc-Museum nach Kochel am See. Am Ortsausgang von Murnau haben wir angehalten und uns mit

Hilfe eines Gastgeberverzeichnisses und dem Handy um eine Unterkunft bemüht.

Nach erfreulich kurzer Zeit konnten wir eine Ferienwohnung im nahe gelegenen Seehausen ab dem übernächsten Tag mieten. Eine schöne Wohnung mit einem Balkon, von dem wir einen traumhaften Blick auf den Staffelsee hatten. In der Nähe der Kirche. In unmittelbarer Nachbarschaft befand sich der stattliche Gasthof Stern, mit seinem urigen Biergarten, aber dazu später mehr.

Nach der Buchung der Wohnung fuhren wir mit kleinem Übernachtungsgepäck nach Kochel am See wo wir auch hier nach kurzer Suche ein Zimmer in einer kleinen Pension beziehen konnten.

Nach einer kurzen Informationsrunde durch den Ort suchten wir bei sonnigem Wetter einen Biergarten auf. Unsere Absichten für den kommenden Tag besprachen wir beim Abendessen im Schatten großer Kastanien.

Lisa und Paul im Franz-Marc-Museum

„Einige Zeit nach dem Frühstück machten wir uns auf den Fußweg zum Franz-Marc-Museum.

Franz Marc, der 1880 in München geboren wurde, war einer der bedeutendsten Maler des Expressionismus in Deutschland. Zwischen 1910 und 1914 entstanden viele seiner Gemälde. Tiermotive hatten es ihm offensichtlich besonders angetan.

Als Beispiele sind hier „Der Tiger", „Blaues Pferd I", „Die gelbe Kuh", „Der Turm der blauen Pferde" oder „Tierschicksale" zu nennen.

Franz Marc war Mitbegründer der Redaktionsgemeinschaft „Der Blaue Reiter", die im Dezember 1911 ihre erste Ausstellung in München eröffnete.

Der „Blaue Reiter" wurde von Franz Marc und Wassily Kandinsky, nach ihrem Austritt aus der „Neuen Künstlervereinigung München", gegründet. Franz Marc schrieb für das Jahrbuch „Der Blaue Reiter". Er verfasste viele kunsttheoretische Artikel.

Zu Beginn des Ersten Weltkriegs wurde er zum Militär eingezogen und fiel zwei Jahre später im Alter von gerade einmal 36 Jahren vor Verdun.

Bevor wir das Museum erreichten, führte uns der Weg durch schöne Waldstücke, bis wir, von einem Hügel aus, die Häuser des Museums erblickten.

Der Besuch in diesem Haus der Kunst war ein

wunderbares Erlebnis. Bei der Betrachtung der Kunstwerke verstanden wir immer besser die Künstler und ihre Werke. Es eröffnete sich uns der Zugang zum Expressionismus wie ein weites Tor. Wir verstanden allmählich die Beweggründe der Expressionisten. Wir erkannten, deren Widerstand gegen Industrialisierung, Urbanisierung und Profit. Die Expressionisten strebten nach der ursprünglichen Natur.

Einen großen Einfluss auf diese Entwicklung hatte die am Anfang des 20. Jahrhunderts entstehende sogenannte „Lebensreformbewegung".

Über die Philosophie der Kunst formulierte Marianne von Werefkin.

"Die Kunst ist eine intellektuelle Funktion, gesund, stark und wahr und nur eine andere Form der Denkfähigkeit. Sie ist kein Delirium, sondern eine Philosophie."

Briefe an einen Unbekannten, 1901-1905

Angefüllt mit Eindrücken und Informationen, verließen Lisa und ich das Museum und wanderten auf einem malerischen Uferweg entlang des Kochelsees zurück zu unserem Auto.

Wir fuhren in prächtiger Stimmung zurück nach Seehausen. Das gute Essen im dortigen Biergarten des Gasthofes Stern setzte einen glänzenden Schlusspunkt unter den Besuch in Kochel."

An dieser Stelle angekommen nimmt Paul einen kräftigen Schluck aus seinem Pilsglas und kühlt seine aufkommende Begeisterung auf eine normale Temperatur zurück.

Hans, der aufmerksam mit interessierten Blicken den Ausführungen seines Freundes gefolgt ist, kann es kaum erwarten, dass Paul mit seinem Bericht fortfährt.

„Und jetzt? Wie geht es weiter? Was habt ihr dann gemacht?" Mit drängender Stimme fordert Hans die weiteren Informationen von Paul.

"Nun", fährt Paul in seinem Bericht fort, „am nächsten Morgen wanderten wir von Seehausen nach Murnau, um das Schlossmuseum zu besuchen. Für dieses Museum wollten wir uns ausreichend Zeit nehmen, um erneut einzutauchenin die Zauberwelt der Kunst."

Lisa und Paul im Schloßmuseum Murnau

Paul berichtet, was sie im Schloßmuseum Murnau gesehen haben. „Die Gemälde und Grafiken von Gabriele Münter haben uns, ebenso wie Werke von Wassily Kandinsky, Franz Marc, Alexej Jawlensky, Marianne von Werefkin, Alexander Kanoldt, Heinrich Campendonk und Adolf Erbslöh, sehr beeindruckt.

Wir haben ein wenig nach empfunden, was die Künstler der „Neuen Künstlervereinigung München" und des „Blauen Reiter", seit 1908 bewogen hat, entscheidende Schritte in Richtung einer neuen expressiven Malerei, zu gehen.

Die reizvollen Seen und die bayerische Landschaft haben unserer Ansicht nach, erheblich dazu beigetragen".

Nach einer kleinen Pause erzählt Paul von einer umfangreichen Sammlung des Museums. „In der Abteilung Hinterglaskunst sind neben ikonographischen Bildern auch Werke der modernen und zeitgenössischen Künstler wie Paul Klee, Oskar Schlemmer, August Macke, Gabriele Münter und Carl Rabus zu sehen".

Ein bisschen verlegen zieht Paul einen Zettel aus seiner Tasche und sagt. „Bevor ich heute hierher gekommen bin, habe ich mich im Internet über die Künstler informiert, deren Namen ich vergessen habe. Cuno Fischer, Fride Wirtl Walser, Gaby Terhuven, Gerhard Richter

75

und Rupprecht Geiger sollen in meinem Bericht nicht fehlen".

Zum Schluss erzählt Paul mit großer emotionaler Rührung von der beeindruckenden Dokumentation zu Leben und Werk des Schriftstellers Ödön von Horváth, der in den Jahren 1923 bis 1933 in Murnau lebte.

Er schrieb hier seine Stücke „Zur schönen Aussicht", und „Glaube Liebe Hoffnung", und begann seinem Roman „Jugend ohne Gott".

Der aufkommende Faschismus, der in Murnau eine große Anhängerschaft hatte, vertrieb den Schriftsteller aus seinem Elternhaus."

Als Horváth am 10. Februar 1933 im Hotel Post die Übertragung der Rede des Reichskanzlers Adolf Hitler aus dem Sportpalast in Berlin hörte, gab er der Kellnerin 10 Mark, um den „Reichsempfänger" auszuschalten.

Nach tumultartigen Empörungen wurde er von der SA nach Hause verbracht. Kurz darauf verließ Horváth Murnau.

„Ich habe nur zwei Dinge, gegen die ich schreibe, das ist die Dummheit und die Lüge. Und zwei wofür ich eintrete, das ist die Vernunft und die Aufrichtigkeit."

Odon von Horvath, 1932

---

*Es gibt eine Beschreibung der Odon von Horvat-Gesellschaft fur einen Rundgang, in der 8 Erinnerungspunkte zu Odon von Horvat in Murnau genannt werden.

Nach diesem Hinweis auf Ödön von Horvát, berichtet Paul noch von einer Verbindung zu Fischerhude die er erst später, bei weiteren Recherchen, heraus gefunden hat.

"So wie Cato Bontjes van Beek aus Fischerhude, als Mitglied der Widerstandsgruppe „Rote Kapelle", von den Nazis in Berlin ermordet wurde, so ist auch der 24 jährige in Murnau geborene Christoph Probst, als Mitglied der "Weißen Rose", 1943 von den Nazis in München hingerichtet worden."

Mit dem Hinweis, dass am Christoph-Probst-Haus, in Murnau, Kohlgruber Straße 20, eine Gedenktafel angebracht ist und am Staffelsee-Gymnasium 1993 eine Gedenksäule für Probst errichtet wurde, verlässt Paul dieses dunkle Kapitel.

Nach dem Rückblick in die Geschichte endet der Bericht mit der Schlussbemerkung:

„Nach dem Besuch des Schlossmuseums bummelten wir durch das malerische Zentrum des schönen Ortes".

Lisa und Paul im Gabriele-Münter-Haus

„Am frühen Nachmittag des schönen Tages entschlossen wir uns, das Münter-Haus in der Kottmüllerallee zu besuchen. Der erste Eindruck, als wir das Haus sahen, wurde von dem wunderschönen Garten, der sich vor dem Haus erstreckt, bestimmt."

Am 21. August 1909 erwarb Gabriele Münter das Haus an der Kottmüllerallee in Murnau. Bis 1914 hielten sich Gabriele Münter und Wassily Kandinsky oft in diesem Haus auf, im Volksmund nannte man es wegen des Bewohners auch das „Russenhaus". Münter und Kandinsky richteten es gemeinsam ein, legten den Garten an und bemalten die Möbel nach eigenen Entwürfen.

Das alles und die Murnauer Landschaft wurde für Münter und Kandinsky zu einer wichtigen Inspirationsquelle. Oft malten sie was sie sahen, wenn sie aus dem Fenster schauten. Die Kirche, das Schloß und die in der Ferne aufragenden Berge.

Die Malerei wurde zum Experiment und mit den verschiedenen und immer neuen Abbildungen der Landschaft entwickelte sich, im besonderen Kandinskys Malerei zur Abstraktion.

Das Münter-Haus spielte ferner eine ausschlaggebende Rolle in der Geschichte des „Blauen Reiter". Es wurde zu einem bedeutenden Treffpunkt der Avantgarde. Franz Marc, Alexej von Jawlensky, Marianne von Werefkin, August Macke und viele andere wurden ständige Besucher.

Im Oktober 1911 fanden im Münter-Haus die Arbeitssitzungen zur Vorbereitung des Almanachs "Der Blaue Reiter" statt.

Neben Münter und Kandinsky nahmen Franz und Maria Marc sowie August und Elisabeth Macke daran teil.

Als der Erste Weltkrieg am 1. August 1914 begann, flohen Münter und Kandinsky zunächst in die Schweiz.

Gabriele Münter lebte vom Sommer 1915 bis Dezember 1917 in Schweden und ginganschließend nach Kopenhagen.

Anfang 1920 kehrte Münter nach Deutschland zurück. Mit ihrem späteren Lebensgefährten, dem Kunsthistoriker Johannes Eichner, lebte die Malerin von 1931 bis zu ihrem Tod 1962 wieder in dem Murnauer Haus.

Im Keller des Hauses verwahrte sie einen unermesslichen Schatz an Bildern, vor allem von Wassily Kandinsky sowie eigene Werke und die anderer Protagonisten des „Blauen Reiters" und seines Umkreises und rettete diese so auch über die Zeit des Nationalsozialismus. Anlässlich ihres 80. Geburtstages im Jahre 1957 hat Gabriele Münter wichtige Teile dieser einmaligen Sammlung der Städtischen Galerie im Lenbachhaus in München geschenkt.

Gemäß dem Wunsch der Künstlerin ist das gesamte Münter-Haus seit der Renovierung in den Jahren 1998/99 als Ort der Erinnerung an ihre und an Kandinskys Kunst eingerichtet.

Es wurde in seinem ursprünglichen Zustand von 1909 bis 1914 wiederhergestellt. Durch die reiche Ausstattung mit Gemälden, Graphiken und Hinterglasbildern von Kandinsky und Münter sowie mit Beispielen der Volkskunst, die sie sammelten, und mit ihren selbst bemalten Möbeln, vermittelt das Haus heute wieder einen faszinierenden Einblick in die Welt vor dem Ersten Weltkrieg.

Plötzlich erinnert sich Paul, dass er vor einiger Zeit gelesen hat, dass 2014 ein neuer Museumsführer zum Münter-Haus erschienen ist. Er schlägt vor, dass Hans und er sich das Buch gemeinsam anschaffen könnten. Hans verspricht, dass er sich darum kümmern will.

„Bevor wir nach Hause gehen, möchte ich dir noch von unserem Besuch im Museum der Phantasie in Bernried am Starnberger See berichten", fährt Paul mit seinem Bericht fort.

Lisa und Paul im Museum der Phantasie

„Lisa und ich fuhren nach Bernried am Starnberger See. Im Park des Museums fielen uns als erstes einige riesige Plastiken auf. Dann erblickten wir am Ufer des Sees das beeindruckende Gebäude des Museums.

Ein futuristisch anmutender Steg führt vom Gebäude aus über das Wasser. Es war ein unglaublicher Moment des Staunens, ja fast ein etwas magisches Erlebnis, diesen Tempel der Kunst zu erblicken.

Wir fühlten, warum es "Museum der Phantasie" genannt wird. Nach seinem Bauherrn Lothar-Günter Buchheim wird es auch als Buchheim-Museum bezeichnet.

Im Jahre 2001 eröffnet, ist es, mit dem 4000 Quadratmeter großen Park, ein noch ziemlich junges Museum.

Die Schwerpunkte des Museums sind die Maler des Expressionismus u.a. sind Bilder von Erich Heckel, Emil Nolde, Ernst Ludwig Kirchner und vielen anderen zu sehen.

Schön und überraschend ist die große Zahl von Artefakten, die Buchheim als begeisterter Völkerkundler auf seinen Reisen in aller Welt zusammengetragen hat.

Und ganz besonders erwähnen möchte ich die Gemälde, die Lothar-Günter Buchheim selbst gemalt hat".

„Dieses Museum müsst ihr unbedingt besuchen", sagt Paul mit eindringlicher Stimme. „Wer es nicht gesehen hat, wird den Blauen Reiter und das Blaue Land nicht in seiner ganzen Fülle kennen und verstehen lernen."

Die Beschreibung ihrer sonstigen Unternehmungen, wie Schifffahrt auf dem Staffelsee oder Wanderungen im Murnauer Moos, dem größten geschlossenen Moorgebiet Mitteleuropas, will Paul beim nächsten Treffen erzählen. Freundlich verabschiedet sich Paul und wünscht eine gute Nacht.

Hans fühlt sich überschüttet von zahlreichen Informationen. Die Eindrücke der von Paul geschilderten Landschaft und von den Museen sind gewaltig. Hans muss seine Gedanken zuerst einmal ordnen und sich klar machen, was er heute gehört hat.

In seiner Wohnung angekommen, drängt es ihn, Clara anzurufen. Als er das Telefon schon in der Hand hat, legt er es unverrichteter Dinge zurück auf den Tisch. Um diese Uhrzeit, so vermutet er, liegt Clara bereits in tiefem Schlaf und diese Erkenntnis bremst seinen Mitteilungsdrang.

Er nimmt sich vor, am nächsten Tag Clara über sein Gespräch mit Paul zu informieren. Dann legt er sich ins Bett und schon nach kurzer Zeit sinkt er mit den Bildern aus dem Blauen Land in einen erholsamen Schlaf.

Clara hat eine Idee

Mit den Erinnerungen an Paul's Bericht über das Buchheim-Museum beginnt Hans seine neue berufliche Aufgabe. Die anfangs so schwierig eingeschätzten Probleme sieht er jetzt in einem ganz anderen Licht. Die Lösungen scheinen ihm plötzlich zuzufliegen.

Am Mittag ruft er Clara an, um sich mit ihr zuverabreden. Clara freut sich sehr, allerdings bittet sie darum, dass Hans zu ihr in die Wohnung kommt.

Als er sie schon fragen will, was der Grund für diese Bitte ist, sagt Clara voller Begeisterung, dass sie sich im Buchhandel und im Internet umfangreiches Material über die Expressionisten und das „Blaue Land" besorgt hat.

„Das ist ja wunderbar, dann können wir heute Abend mit dem von dir gesammelten Material unserer Reise besprechen". Clara bemerkt noch, dass sie eine Mahlzeit mit Spagetti vorbereiten will und wenn es ihm möglich ist, soll er eine Flasche Wein aus seinem Keller mitbringen. Dann endet das Telefonat.

Hans ist hocherfreut über die Freude, die er bei Clara deutlich erkennen kann. Mit großem Eifer macht er sich an seine Arbeit, wohl wissend, dass auch das schnellste Arbeitstempo die Zeit nicht verkürzen kann, sehnt er dennoch das Arbeitsende ungeduldig herbei.

Nach Hause gekommen , geht Hans sofort in

den Keller, um Wein für den Abend auszu-
suchen. Dann springt er unter die Dusche, zieht
danach legere Freizeitkleidung, Jeans und
Tshirt an. Mit einem Grinsen registriert er kurz
darauf seinen Griff nach der Zahnbürste und
seinem Rasierer. Noch schnell ein wenig Rasier-
wasser ins Gesicht und dann ist es auch schon
Zeit, sich auf den Weg zu machen.

Immer wenn er auf Claras Klingel drückt,
spürt er ein Kribbeln im Bauch. Der Türöffner
summt, die Tür öffnet sich und Hans stürmt die
Treppe zum Obergeschoss hinauf, er erreicht
die Wohnungstür, als Clara diese gerade öffnet.
Beiden ist die Freude beim Anblick des anderen
anzusehen und die Umarmung und der intensive Kuss fühlen sich wie ein Versprechen an.

„Schön, dass du da bist. Komm in die Küche,
das Essen ist gerade fertig geworden." Hans
folgt Clara und am Tisch angekommen, öffnet
er die Weinflasche und schenkt von dem guten
Tropfen etwas in die bereitgestellten Gläser.

Clara gibt die Spagetti Bolognese auf die Teller,
greift nach ihrem Weinglas und wünscht einen
guten Appetit.

Während sie gemütlich speisen, berichtet
Hans von den ausführlichen Beschreibungen
seines Nachbarn Paul. Die Atmosphäre in der
kleinen Küche hat eine ganz besondere Dichte.
Das Essen, der Wein, die Gespräche und nicht
zuletzt die spürbare gegenseitige Zuneigung
versetzen die Beiden in eine glückliche Stim-

mung. Diese Stimmung ist es dann auch, die Hans dazu verleitet sich mit einem langen Kuss bei Clara zu bedanken.

Clara nimmt diesen Dank gerne und lang-andauernd an.

„Setz dich schon ins Wohnzimmer, ich hole schnell meine Bücher und Unterlagen, damit wir unsere Planungen beginnen können," Clara verschwindet in ihrem Arbeitszimmer, um kurz darauf einen großen Stapel Prospekte, Info-blätter und ein Buch auf den Tisch zu legen.

Hans schiebt die Prospekte und Infoblätter zur Seite und nimmt das Buch mit dem Titel, „Das Münter-Haus in Murnau" zur Hand. Die Namen der Herausgeber, Matthias Mühling und Isabelle Jansen, bestätigen Hans, dass dieses Buch jenes ist, um das er sich nach dem Gespräch mit seinem Nachbarn bemühen wollte. Das Erscheinungsdatum 1. Mai 2014 untermauert das.

Nun besprechen Clara und Hans ihre Fahrt in das Bayerische Seenland. Pläne werden ge-schmiedet wie sie die Tage verbringen wollen.

Nach einiger Zeit, als schon vieles besprochen ist, meldet sich Clara mit einer Bitte.

„Lieber Hans, ich habe mir im Internet bereits einige Bilder der Expressionisten ansehen können und ich habe eine Idee für meine Arbeit mit der Kamera und meiner Bildbearbeitung. Diese Überlegung möchte ich gerne mit dir besprechen.

Die Bilder von Franz Marc, Wassily Kandinsky, Gabriele Münter, Ernst Ludwig Kirchner und anderen Expressionisten haben mich inspiriert. Ich möchte einige dieser Bilder mit meiner Kamera nachstellen und dann diese Bilder in Farben und Strukturen bearbeiten. Ich denke dabei unter anderem an die Arbeiten des Fotografen Andreas Feininger, die dieser in den USA gemacht hat.

1942 hat er im Auftrag der U.S. Behörden den Carr Fork Canyon aufgenommen. Dieses Bild hat er mittels Bildbearbeitung in vielen unterschiedlichen Farb- und Lichtkonstellationen immer neu gestaltet, ich finde diese Arbeiten grandios, so etwas möchte ich auch machen.

"Clara ist sehr unsicher und sie schaut voller Erwartung auf Hans, was würde der zu ihren Überlegungen sagen, würde er sie überhaupt verstehen?

„Möchtest du eine expressionistische Fotografin werden?, ist die spontane Frage von Hans, an die sich aber sofort seine Zustimmung zu ihrer Idee anschließt.

„Das ist ja eine wunderbare Vorstellung und wenn ich bei der Verwirklichung mitwirken kann, möchte ich unbedingt dabei sein."

Auf Claras Gesicht erscheinen die von Hans so sehr geliebten Wangengrübchen und ihre zartrosa Gesichtsfarbe lässt ihre Freude sichtbar werden.

Mit einem glücklichen „Danke", drängt sie sich

in seine Arme. Nach einer geraumen Weile meldet sie sich:

„So jetzt sollten wir aber einen Termin für unsere Reise festlegen". Die Urlaubsplanung bei den Unternehmen, in denen Clara und Hans beschäftigt sind, brauchen eine lange Vorlaufzeit. Nachdem die beiden sich mit Hilfe eines Kalenders geeinigt hatten, Ende August oder Anfang September als Reisetermin zu wählen, war der Abend schon weit fortge-schritten.

Hans wollte gerade mitteilen, dass er seine Zahnbürste und seinen Rasierer mitgebracht hat, als Clara fragt, ob er bei ihr übernachten möchte.

Als Hans nun doch von seinen Mitbringseln berichtet, droht ihm Clara mit schlecht gespieltem Ernst mit dem Zeigefinger. „Du eingebildeter Schlawiner, wie konntest du wissen, was ich dich fragen würde?"

„Ich wusste es nicht, aber ich habe es mir ganz intensiv gewünscht." Hans erhebt sich, nimmt Clara in die Arme, hebt sie auf seine Arme und es gelingt ihm sie ohne Gegenwehr in das Schlafzimmer zu tragen.

Mit zitternden Nerven und wohligen Schauern lassen sie sich auf ihre Liebe ein. Für beide wird diese Nacht, auch wenn sie es jetzt noch nicht wissen, zum Beginn eines gemeinsamen Lebens, in dem die Kunst eine unverzichtbare Rolle spielen wird.

Die Reise nach Bayern

Ende August beginnt die Reise in das „Blaue Land".

Clara und Hans haben schon Tage vorher ihr Reisegepäck zusammen gepackt. Als alles bereit zur Abfahrt ist, erscheinen Claras Mutter Helga und ihr Freund Ludwig, um den beiden Reisenden eine gute Fahrt zu wünschen.

Nach dem herzlichen Dankeschön und einer letzten Umarmung, starten Clara und Hans die Expedition zu den Expressionisten in Bayern.

Während der Fahrt schläft die anfängliche Unterhaltung ein. In Clara, die dem Fahr-können von Hans vertraut, erwachen Gedanken, Ideen und Träume. Die kommen-den Tage sind für sie von großer Bedeutung.

Sie liebt Hans, doch sie möchte nicht noch einmal enttäuscht werden. Wenn Hans so ist wie nach seinem Besuch in Fischerhude, hat sie keine Furcht vor der Zukunft. Sie hofft, dass sie mit ihren Vorstellungen von der Kunst bei Hans auf Verständnis trifft. Bei all ihren Bedenken ist sie sehr sicher, dass sie Hans liebt.

Hans fährt sehr konzentriert, trotzdem geht ihm die Liebe zu Clara ständig durch den Kopf. Er denkt daran, was ihn verändert hat. Er glaubt mittlerweile zu wissen, warum Clara sich von ihm getrennt hatte.

Er liebt Clara und er will mit ihrer Hilfe und mit der Hilfe der Kunst, ihrer Liebe eine

Zukunft geben, die ohne Furcht ist.

Clara taucht aus ihren Gedanken auf, als Hans den Motor vor dem Haus in der Seestraße 9 in Seehausen, ausschaltet.

Die freundliche Vermieterin begrüßt ihre Gäste, zeigt ihnen die Wohnung. Dann wird die Wohnung mit ihrem wunderbaren Blick vom Balkon auf den Staffelsee in Besitz genommen.

Zufrieden und glücklich bemerkt Hans, „einfach grandios" und weiter, „was Paul und Lisa uns erzählt haben, ist einfach wahr und ich freue mich schon auf die nächsten Tage".

Vom Schmied von Kochel bis Franz Marc

In Kochel angekommen, fällt Clara auf dem Dorfplatz ein großes Denkmal auf. Auf einem Felsstein steht die martialische Figur des „Schmied von Kochel". Er ist, auch wenn viele Oberbayern das bis heute nicht wahrhaben wollen, nur eine Gestalt aus der Bayerischen Sagenwelt, die vor allem von den Bewohnern dieses Landstrichs als Volksheld angesehen wird.

Nach der Sage soll er Anfang des 18. Jahrhunderts Soldat in den Türkenkriegen während der zweiten Wiener Belagerung gewesen sein.

Clara fotografiert das Standbild. Das kriegerische Denkmal begeistert die zwei Kulturinteressierten nicht besonders. Sie verlassen die Atmosphäre der bayerischen Landsknechtsromantik und machen sich auf den Weg das Franz-Marc-Museum aufzusuchen.

Clara macht Aufnahmen von der Landschaft, dem See, dem Dorf und dem Museum.

Leider darf sie im Museum nicht fotografieren, aber die Bilder, die sie nachstellen möchte hat sie alle bereits aus Büchern und dem Internet vor ihrem inneren Auge. Fotos, die sich zum Nachstellen eignen, sind ohnehin im Museum nicht zu machen.

Clara ist sich bewusst, dass sie Bilder von Tieren wie Pferden, Katzen und Tigern nur auf Bauernweiden oder in Tierparks machen kann.

Hans befindet sich in einer anderen Welt, seit er in den Zauber des Museums eingetaucht ist. Wenn er vor den Bildern stehen bleibt, hat er immer das Gefühl, als würde ihn etwas festhalten. Er ist, obwohl er sich total frei fühlt, geradezu gefesselt von den Bildern.

Nach dem Rundgang, als Clara bemerkt, wie gefangen er ist und ihn darauf anspricht, sagt Hans.

„Ich versuche die Gedanken der Maler zu ergründen, aber das ist nicht so einfach, es will mir nicht so recht gelingen." „Das du dich auf die Bilder einlassen kannst, auch wenn es dir manchmal schwerfällt die Künstler zu verstehen, finde ich ganz besonders schön. Wenn man sich verzaubern lässt, muss man akzeptieren, dass nicht alles zu erklären ist."

Nach dem spannenden Besuch des Museums machen sich Lisa und Hans auf den Rückweg zum geparkten Auto.

Der Weg führt am See entlang und vermittelt eine friedliche Ruhe in der das Schweigen der beiden das Erlebte tief in ihr Innerstes eindringen lässt.

Gedanken auf der Terrasse

Ob in Bayern auch auch so schönes Wetter ist wie bei uns, denkt Lisa, als sie das Abendbrot auf der Terrasse serviert und Paul einen feinen Riesling aus dem Rheingau aus der Kühlung nimmt. Nachdem er Lisa das Etikett zeigt, nickt diese zustimmend.

Nach dem Essen fragt Lisa: „Ob unseren Nachbarn das Blaue Land wohl gefällt". „Da bin ich mir aber ganz sicher. So wie Hans sich nach seinem Besuch in Fischerhude verändert hat, glaube ich, wird es Clara nicht schwerfallen, mit ihren künstlerischen Vorstellungen diese Reise zu einem neuen Kapitel ihrer gemeinsamen Expedition durch die Landschaften der Malerei zu machen.

Ich bin überzeugt davon, dass der Expressionismus für beide zu einer Bereicherung wird." Dann will Lisa noch wissen, ob Paul ihrem Nachbarn auch von ihrer Ankunft erzählt hat, ob er die Übernachtung, das Abendessen im Brauhaus und das heftige Gewitter erwähnt hat.

„Das Gewitter habe ich nicht erwähnt obwohl es, wie du sagst, sehr heftig war." Bei ihren Erinnerungen fliegen ihre Worte, wie Bienen die von Blüte zu Blüte summen, zwischen ihnen hin und her.

Die Suche nach einer Ferienwohnung, ebenso wie die Besuche der Museen, die wunderbare Landschaft, die Schiffsfahrt auf dem Staffelsee, die Orte Murnau, Kochel und Bernried und die zahlreichen Spaziergänge und Wanderungen, sind für Lisa und Paul nicht nur an diesem Abend unvergessliche Erinnerungen.

Nach einer längeren Pause, die Lisa und Paul mit ihren Erinnerungen und Gedanken an die Bilder und die Künstler im Blauen Land verbracht haben, kommt Lisa auch Worpswede in den Sinn.

„Was unterscheidet eigentlich das Blaue Land von der Landschaft um Worpswede und Fischerhude?"

Erstaunt schaut Paul seine Frau an und hat erst einmal keine Antwort auf ihre Frage. Nach einigem Nachdenken meint er: „Das Licht scheint zu bestimmten Zeiten an beiden Orten von eindringlicher Fülle und Klarheit zu sein. Das ist aber etwas, das beide Orte gemeinsam haben. Die Natur unterscheidet das bayerische Bergland vom norddeutschen Flachland.

Der wichtigste Unterschied scheint, was die Kunst betrifft, die Malweise zu sein. Von den Worpswedern, von denen einige viele verschiedene Malstile ausprobiert haben, unterscheiden sich die meisten Künstler aus dem blauen Land von diesen, meiner Meinung nach, durch ihren konsequenten Expressionismus".

„Einen besonderen Unterschied", wirft Lisa ein, "macht Paula Modersohn-Becker mit ihrer mutigen und ebenfalls expressionistischen Art, zu malen. Sie war eine der ersten Frauen, die sich als Malerin in einer Männergesellschaft durchgesetzt hat.

Im Kreis der Expressionisten aus dem blauen Land mussten sich die Frauen wie beispielsweise Gabriele Münter und Marianne von Werefkin nicht besonders behaupten. Sie waren in dieser Zeit nicht nur schon sehr bekannt, sondern obwohl sie Frauen waren, als Künstlerinnen anerkannt."

Lisa und Paul schwelgten an diesem Abend noch lange in ihren Erinnerungen.

Murnau und der Staffelsee

Als Clara und Hans an diesem Abend von ihrem Ausflug nach Kochel zurückkommen freuen sie sich auf ein erfrischendes Duschbad.

Nachdem der Staub des Tages von der Haut gespült ist, ziehen sie frische Kleidung an und begeben sich nach Murnau, um in der Braustube zu speisen.

Nach dem Essen sitzen die beiden noch bei einem leckeren Landbier und besprechen was sie am nächsten Tage unternehmen wollen.

Mit einer Schiffsfahrt über den Staffelsee zum Nordufer nach Uffing soll der Tag beginnen.

Am nächste Morgen machen Clara und Hans sich auf den Weg zur Anlegestelle Seehausen. Kurz nach ihrer Ankunft erscheint das schmucke weiße Schiff und dann beginnt die Fahrt in Richtung Uffing.

Von hier aus wollen die zwei ein Stück über den „Wanderweg um den Staffelsee" zurück nach Seehausen wandern. Von der Anlegestelle in Uffing aus wandern sie in Richtung Strandbad dann rechts ab, zum Strandcafé Alpenblick. Dort wird bei einer Brotzeit die wunderbare Aussicht über See und Berge genossen.

Nach der Pause setzen Clara und Hans ihre Wanderung fort. An Tennisplätzen vorbei führt der Weg zwischen Weidezäunen zur Straße, welche Uffing mit dem Örtchen Rieden verbindet.

Am Ortsausgang von Uffing verweist ein Schild nach links auf den Wanderweg, der parallel zum Bahngleis in südliche Richtung verläuft. Nach knapp einer halben Stunde mündet der Weg in einen Tunnel, der unter der Eisenbahnstrecke hindurchführt.

Diesem Weg weiter folgend, kommen die Wanderer zum Schloss Rieden. Von hier aus verläuft der Weg oberhalb des Seeufers weiter nach Seehausen. Dieses Teilstück der Wanderung ist besonders schön zu nennen. Bänke am Wegrand bieten sich an, die herrlichen Ausblicke über den See und seine sieben Inseln zu genießen.

Als sie zurück in Seehausen sind, melden sich Hunger und Durst. Sie beschließen, diesen schönen Tag im Biergarten zu beenden.

Am folgenden Tag sollen das Schlossmuseum und das Gabriele-Münter-Haus besucht werden.

Ein Tag in Murnau

Der neue Tag beginnt mit strahlendem Sonnenschein.

Nach einem reichhaltigen Frühstück setzt Clara sich auf den Balkon, hält ihr Gesicht mit geschlossenen Augen der Sonne entgegen und denkt intensiv darüber nach, wie sie ihre Fotos mit moderner Technik in expressionistische Kunstwerke verwandeln kann.

Ihr ist schon bewusst, dass sie sich mit ihrem Anspruch „Kunst" zu produzieren, unter erheblichen Druck setzt. In ihren Gedanken befindet sie sich mitten in der Verwirklichung ihrer Vorstellungen.

In diesem Augenblick unterbricht plötzlich die Stimme ihres Begleiters sie.

„Hallo, genug geträumt, jetzt machen wir uns auf den Weg nach Murnau." Clara löst sich nur ungern von ihren Gedanken. Aber die geplante Erkundung des Städtchens und die Besuche im Schlossmuseum und dem Gabriele-Münter-Haus sind doch allzu verlockend und so machen die beiden sich auf den Weg.

Vom Start weg führt der Wanderweg unmittelbar zum südöstlichen Ufer des Staffelsees. Am See entlang verläuft der Weg bis zur Anlegestelle „Achele". Von hier aus bewegen sich Clara und Hans in östlicher Richtung und sind nach kurzer Zeit im Zentrum von Murnau angekommen.

Im Besucherzentrum informieren sie sich eingehend über Stadtrundgänge und deren Beschreibung.

Mit einem Strauss von Informationen verlassen die zwei das Gebäude des Verkehrsvereins. Sie stellen ihren ersten Rundgang unter das Motto „Zeitreise durch Murnau". Zur Realisierung bedarf es nur ein wenig Phantasie. Gleich beim Eintritt in die zwischen Unter- und Obermarkt gelegene Fußgängerzone fallen die von dem Architekten Emanuel von Seidl gebauten stattlichen Bürgerhäuser ins Auge.

Nicht zu übersehen ist das Schloss, in dem sich das Museum befindet, das Clara und Hans später noch besuchen wollen.

Das alles sind eindrucksvolle Zeugen einer Jahrhunderte alten Geschichte. Und der Blick auf den See ist immer noch schön und hat auch in der heutigen Zeit nichts von seiner Faszination verloren.

Hans hat mittlerweile ein schönes Kaffeehaus entdeckt. Er schlägt vor, dass sie jetzt das Schlossmuseum besuchen und sich danach zu einem kleinen Imbiss in dieses Café begeben.

Diesen Vorschlag findet Clara wunderbar, hatte sie doch schon eine geraume Weile das Gefühl, etwas essen zu müssen.

Der Besuch des Museums ist, wie in den meisten vergleichbaren Fällen, ein besonderes Erlebnis. Als Hans sich im Verlauf des Besuches an die Schilderung dieses Museums durch seinen Nachbarn Paul erinnert, ist er sehr dankbar und er empfindet eine tiefe Freundschaft.

Er nimmt sich vor, eine Postkarte aus dem Museum später bei ihrer Pause im Kaffeehaus an seine Nachbarn Lisa und Paul zu schreiben.

Nachdem die Postkarte gekauft ist, greift Clara sich den Arm ihres Partners und zieht ihn ins Café, sie möchte endlich eine verdiente Pause machen.

Das verführerische Kuchenangebot des Cafés macht eine Auswahl schwer. Als der bestellte Kuchen mit dem dampfenden Kaffee serviert und der erste Bissen probiert ist, denkt Hans, dass das alles ein kulinarischer Genuss ist.

Clara, die ihre Mundwinkel nach oben gezogen hat, ist offensichtlich ebenfalls sehr zufrieden.

Hans nimmt die Postkarte mit der Ansicht des Schlossmuseums aus seiner Jackentasche und schreibt an Lisa und Paul.

Liebe Lisa, lieber Paul,

wir sitzen hier bei wunderbarem Wetter und schmackhaftem Kuchen in einem Cafe in der Fußgängerzone von Murnau. Am Sonntag waren wir in Kochel und im Franz-Marc-Museum. Großartig, wir waren total begeistert. Gestern haben wir eine Schifffahrt auf dem Staffelsee mit anschließender Wanderung unternommen. Heute waren wir schon im Schlossmuseum.

Am Nachmittag werden wir uns das Gabriele-Munter-Haus vornehmen. Leider ist auf der Karte kein Platz mehr.

Herzlichen Dank für Eure inspirierenden Erzählungen und liebe Grüße.

Clara und Hans

Weit vor dem Gabriele-Münter-Haus ist das Museum zu sehen. Schon aus der Entfernung erkennen sie den eindrucksvollen Garten vor dem Haus.

Weil Gabriele Münter hier mit Wassily Kandinsky von 1909 bis 1914 zusammenlebte, wird in einigen Prospekten und Internetpublikationen das Haus sehr despektierlich als "Gabriele Münters Liebesnest", oder als „Das Russenhaus" bezeichnet.

Clara und Hans lassen sich selbstverständlich durch solch abwertendes Geschwätz nicht vom Besuch dieses Museums abhalten.

Beim Betreten des Hauses taucht Hans vor seinem inneren Auge unvermittelt der Bericht seines Nachbarn auf. Paul hatte so begeistert von seinem und Lisas Besuch im Münter-Haus erzählt, dass Hans glaubt, dieses Haus schon einmal besucht zu haben.

Die Gemälde, Graphiken und Hinterglasbilder sowie die Exponate der Volkskunst, welche Kandinsky und Münter gesammelt haben und die von ihnen selbst bemalten Möbel vermitteln großartige Einblicke in die Gründerzeit des Expressionismus.

Der letzte Gedanke, vor dem schlafen gehen, gehört dem kommenden Tag. Dann steht der Starnberger See und das "Museum der Phantasie" auf der Ausflugsliste.

Das Museum Buchheim

Das Wetter meint es gut mit ihnen, als Clara und Hans in Bernried am Starnberger See eintreffen.

Das "Museum der Phantasie", seine Gebäude und der große Park am Ufer des Sees kommen Hans, auf Grund der Erzählung seines Nachbarn, seltsam bekannt vor. Während des Rundganges durch das Museum wird bei der Betrachtung der Bilder der Expressionisten wie Erich Heckel, Emil Nolde, Ernst Ludwig Kirchner und viele Andere in Hans eine Erinnerung wach.

In einer Zeitungsnotiz hat er von den Plänen des Wuppertaler Von-der-Heydt-Museums gelesen, das ab dem Frühjahr des Jahres 2017 eine Adolf-Erbslöh-Ausstellung mit dem Titel „Der Avantgardemacher" präsentiert werden soll.

Erbslöh entstammte einer Kaufmannsfamilie aus Barmen, einem Stadtteil in Wuppertal. Zusammen mit Marianne von Werefkin und Alexej Jawlensky initiierte er die Gründung der Neuen Künstlervereinigung München (N.K.V. M.), aus der später der „Blaue Reiter" hervorging.

Clara und Hans notieren sich den Hinweis auf ihren Handys.

Nach der Betrachtung der Bilder und Artefakte, die Buchheim selbst gemalt oder bei seinen Reisen zusammengetragen hat, verlassen Clara und Hans das Museum und fahren nach Murnau zurück.

Leider endet die wunderschöne Woche im „Blauen Land" am folgenden Tag.

Im Gedächtnis bleibt unter anderem das Programm der Künstlervereinigung die Brücke, welches Ernst Ludwig Kirchner, einer der wichtigsten Vertreter des Expressionismus, 1906 in einem Holzschnitt formulierte.

„Mit dem Glauben an Entwicklung an eine neue Generation der Schaffenden rufen wir alle Jugend zusammen und als Jugend, die die Zukunft trägt, wollen wir uns Arm- und Lebensfreiheit verschaffen gegenüber den wohlangesessenen älteren Kräften.
Der gehört zu uns, der unmittelbar und unverfälscht das wiedergibt, was ihn zum Schaffen drängt."

Am Morgen des nächsten Tages verabschieden sich Clara und Hans von ihrer freundlichen Vermieterin und nehmen sich ganz fest vor, auf jeden Fall das „Blaue Land" wieder zu besuchen.

Die Heimfahrt verläuft ohne Probleme und am frühen Abend sind Claras Mutter und ihr Lebensgefährte froh, dass sie wohlbehalten zurück sind.

Die Entdeckung der Malerei

Von ihrer Reise zurückgekehrt, können Clara und Hans es nicht erwarten, Lisa und Paul von ihren Erlebnissen zu berichten. Aber das muss noch etwas warten.

Zunächst rücken die beruflichen Anforderungen in den Mittelpunkt der kommenden Tage.

Clara hat sich vorgenommen, mit ihrem Chef die nächsten Aufgaben zu planen und die notwendigen Vorbereitungen zu treffen, um die dafür benötigten Fotos zu gestalten.

Von ihrer kurz vor Beginn des Urlaubs in Murnau entstandenen Idee, Bilder der Expressionisten mit ihrer Kamera nachzustellen und dann diese Bilder in Farben und Strukturen zu bearbeiten, erzählt sie in der Firma nichts.

Sie weiß nicht, ob sie sich überschätzt, wenn sie dem berühmten Andreas Feininger nacheifern will. Sie nimmt sich vor, erste Versuche mit ihrer Kamera und ihrem Computer alleine durchzuführen. Sie ahnt noch nichts von den Überraschungen, die sie bei den Experimenten erleben wird.

Hans ist mit großer Freude in die Firma gefahren und stürzt sich voller Enthusiasmus in die Arbeit. Er ist ausgeglichen und entspannt. Das Projekt, für das er verantwortlich ist, gestaltet sich ganz nach seinen Vorstellungen. Es gibt noch viel zu tun, jedoch von der einstigen inneren Unruhe und seiner Nervosität kann er nichts mehr spüren.

Die Entdeckung der Malerei hat ihm Freude und Gelassenheit gebracht. Eine andere Sicht der Dinge hat sich eingestellt und er erkennt viel genauer was ihm wichtig ist. Er hat seine Werte neu gewichtet. Sein Verständnis für die Menschen in seinem Umfeld ist gewachsen und der Wert seiner Liebe zu Clara wird ihm immer deutlicher.

Hans ist sich aber auch ganz sicher, dass er sich ohne die freundschaftlichen Hinweise und Informationen, die er von seinen Nachbarn Lisa und Paul Vogel bekommen hat, heute nicht so gut fühlen würde wie er es tut.

Paul der am Abend Hans trifft, lädt Clara und ihn, besonders im Namen von Lisa, für den kommenden Samstag zum Essen in ihre Wohnung ein.

Er will ganz ehrlich sein und nicht verschweigen, dass Lisa und er sehr neugierig und gespannt sind, was sie aus dem Blauen Land zu berichten haben.

Hans bedankt sich für die Einladung und verspricht, dass er sich, wenn er mit Clara gesprochen hat, melden wird.

Am Abend telefoniert er mit Clara und berichtet von der Einladung. Clara ist sehr erfreut und Hans ruft bei seinen Nachbarn an.

Lisa ist am Apparat, Hans bedankt sich noch einmal für die Einladung. „Wir kommen gerne".

„Samstag um 19 Uhr, wenn es euch recht ist", beendet Lisa das Gespräch.

Am Samstag findet sich Clara schon am frühen Nachmittag bei Hans ein. Sie hat einen wunderbaren Blumenstrauß für Lisa mitgebracht.

Das wichtigste aber ist für Clara das erste Ergebnis der Bildbearbeitung ihres Fotos vom Denkmal des „Schmieds von Kochel", die sie mitgebracht hat.

Sie hat aus einem gegenständlichen Foto ein expressionistisches Bild geschaffen. Die Farbveränderungen und starken Konturen erinnern Clara zu ihrer eigenen Überraschung an Bilder, auf denen Marilyn Monroe, Ludwig van Beethoven, Joseph Beuys und viele andere zu sehen sind.

Diese Bilder hat der Pop-Art-Künstler Andy Warhol gestaltet. In Anlehnung an Warhol's Art hat Clara auch ihr Foto vom „Schmied von Kochel" bearbeitet.

Hans ist ganz hingerissen von den künstlerischen Fähigkeiten seiner Freundin. „Großartig", ruft er aus, als er das Bild sieht. „Das müssen wir heute Abend unbedingt mitnehmen. Ich bin gespannt, was Lisa und Paul zu deinem Bild sagen werden."

Clara lächelt ein wenig schüchtern, aber sie ist auch stolz auf die Anerkennung, die ihr zuteil wird.

„Wir sagen zuerst einmal nicht, dass das Bild

von dir ist, ich bin total gespannt was die beiden dazu sagen werden."

Clara wäre es lieber, wenn sie nicht im Mittelpunkt des Abends stehen würde. „Wir erzählen von unserer wunderbaren Reise, damit werden wir bestimmt etwas zu einer interessanten Unterhaltung beitragen können". Hans stimmt zu.

„Was ich einmal wissen möchte ist, wie Lisa und Paul die Malerei entdeckt haben." Erwartungsvoll machen sie sich auf den Weg. Wenige Schritte und schon stehen sie vor dem Haus der Nachbarn.

Das Klingelzeichen ist noch nicht verklungen, als die Türe sich öffnet und Lisa und Paul mit einem Lächeln ihre Gäste begrüßen. Claras Blumenstrauß entlockt Lisa ein herzliches Dankeschön. Paul freut sich über 6 Flaschen bayerisches Bier, die Hans ihm aus dem Brauhaus Grießbräu, mitgebracht hat.

Nach den ersten Begrüßungsworten und einem Gläschen Champagner nehmen die Freunde an einem großen runden Tisch Platz.

Während Lisa das Essen aufträgt, kümmert sich Paul um die Getränke. Verschiedene Weine, Bier und Wasser lassen dem Geschmack eine große Auswahl.

„Schön, das ihr hier seid, guten Appetit", so eröffnet Lisa das Menü mit Antipasti aus Schinken und Salami.

Gäste und Gastgeber lassen es sich schmecken,

während ihre Blicke sich an der filigranen Dekoration der Speisetafel erfreuen.

Nach der Vorspeise serviert Lisa Puten-Medaillons in einer Mandel-Kräuterkruste, Bandnudeln und Currysoße. Paul reicht dazu einen 6 Jahre alten Riesling von der Nahe.

Das Genießen der Speisen und des Weines wird nur selten von kurzen Hinweisen und Einwürfen unterbrochen.

Nach dem Essen sind alle satt und zufrieden. Clara und Hans schlagen vor, in der Zeit bis zur Nachspeise mit ihren Berichten von den Urlaubserlebnissen zu beginnen.

Zum wiederholten Mal bedanken die beiden sich für die nützlichen Hinweise, die Lisa und Paul ihnen im Vorfeld ihrer Reise gegeben haben.

Die Erzählungen rufen bei Lisa und Paul immer wieder Erinnerungen hervor. Dadurch wird im weiteren Verlauf die Berichterstattung zu einem wunderbaren Gespräch über die Landschaften, die Wanderungen und die Künstler und ihre Kunst im „Blauen Land".

Gemeinsam Erkanntes wird freudig besprochen und neue Eindrücke werden von den jeweils anderen, in den Speicher der zukünftigen Vorhaben einsortiert.

Lisa stellt verschiedene Sorten Bergkäse auf den Tisch und Paul schlägt einen kräftigen Rotwein als Begleiter vor.

Das gute Essen, der leckere Wein und die

Berichte, ebenso wie die gemeinsamen Erinnerungen machen den heutigen Abend zu etwas ganz Besonderen.

Aber bevor der Tag zu Ende geht, meldet sich Hans neugierig zu Wort. „Was oder wer hat eigentlich eure Liebe zur Kunst hervorgerufen, bzw. wie seit ihr zur Kunst gekommen?"

Paul denkt einen Moment nach, sammelt sich und erklärt, dass er das große Glück hatte, bei vielen Gelegenheiten mit Menschen zusammen zu treffen, die etwas mit Kunst zu tun hatten, oder sogar selbst als Künstler tätig waren. Außerdem hatte er als Drucker bereits in seiner Ausbildungszeit einige Werkzeuge für die bildende Kunst kennen gelernt.

Lithographie, Holzschnitt und Radierung waren und sind Stil- und Hilfsmittel vieler Künstler, die mit der Vervielfältigung für die Verbreitung ihrer Bilder oder oftmals auch ihrer Ideen sorgen wollten oder wollen.

Eine besondere Bedeutung für den Zugang zur bildenden Kunst hatte Paul's persönliche Freundschaft mit einem spanischen Maler.

Dieser Künstler, ein Gegner der Franco-Diktatur, emigrierte aus Gründen seiner Sicherheit nach Paris, wo er weiter studierte und später seine deutsche Frau kennen lernte. Nach der Hochzeit kam er mit ihr nach Wuppertal.

Seine Freundschaft und seine Hilfe bei der Entschlüsselung der Geheimnisse, vor allem der Symbolik in der Bildenden Kunst, waren bei der Entdeckung der Kunst für Paul von entscheidender Bedeutung.

In gut besuchten Ateliergesprächen in Wuppertal, die Ende der 60er und Anfang der 70er Jahre des 20. Jahrhunderts stattfanden, trafen sich Intellektuelle, Künstler, Angestellte und Arbeiter zu Gesprächen über Kunst, Kultur, die Arbeitswelt und die gesellschaftlichen Fragen ihrer Zeit.

Bildungsveranstaltungen von so herausragender Qualität haben vielen Menschen einen breiten Zugang zu den kulturellen Gütern der Menschheit verschafft und so die gesellschaftlichen Defizite einer schlechten Bildungs- und Kulturpolitik, zumindest bei den Teilnehmerinnen und Teilnehmern, ein Stück weit abgebaut.

Paul, der aus einer Arbeiterfamilie stammt, ist stolz auf die Entdeckung der Malerei, auf den erweiterten Zugang zur Kultur. Er ist aber auch dankbar, dass er Menschen gefunden hat, die ihm diesen Zugang ermöglicht haben. Darum freut er sich ganz besonders, wenn es ihm gelingt anderen, vor allem jüngeren Menschen, ein klein wenig von seinen Erfahrungen mitgeben zu können, damit sie in die fantastischen Welten der Natur, der Kultur und der Malerei eindringen können.

Mit einem tiefen Zug aus seinem Rotweinglas beendete Paul die Beschreibung der Stationen des Weges, auf dem er und später auch Lisa zur Kunst gekommen sind.

Clara und Hans sitzen, noch ganz gefangen von den Eindrücken, still und nachdenklich auf ihren Stühlen.

Hans kommt zu dem Entschluss, dass es jetzt gut passen könnte, wenn Clara Lisa und Paul ihr künstlerisches Projekt vorstellen würde.

Nachdem er das Vorhaben angesprochen hat, bittet er Clara, ihr erstes Ergebnis des von ihr künstlerisch bearbeiteten Fotos vom Denkmal „Schmied von Kochel" zu präsentieren.

Hans hatte ganz vergessen, dass sie das Foto eigentlich zunächst anonym zeigen wollten.

Nach anfänglichem Zögern legt Clara das Foto auf den Tisch und beobachtet gespannt die Reaktionen ihrer Freunde.

Lisa ist überrascht und offensichtlich total begeistert. „Klasse, das könnte auch eine Arbeit von Andy Wahrhol sein."

Paul will ihr schon zustimmen, doch als er noch einmal seinen Blick auf das Bild lenkt, fallen ihm ganz eigene Gestaltungsmuster und besondere Konturen oder Übergänge von zarten zu kräftigen Farben auf. „Ja, das hat etwas von Andy Wahrhol und doch ist etwas ganz anderes, ich würde sagen, das ist Kunst von einer echten Clara Westermann."

Als sie die Worte hört ist Clara sehr gerührt. Etwas verlegen nimmt sie die Glückwünsche zu ihrem Projekt entgegen und mit dem Dank für die lieben Worte erklärt sie ihren Willen, weitere Bilder mit ihren künstlerischen Ideen zu gestalten und die Kunst von Feininger und Warhol weiter zu entwickeln.

Hans ist froh und glücklich, dass sie das Bild mitgenommen haben und dass sie es mit ihren Nachbarn betrachten und diskutieren konnten. Er nimmt sich vor, einmal zu überlegen, wie man mit solchen Bildern und dazu passenden Texten eine erste kleine Ausstellung für Clara organisieren kann.

Sagen will er ihr das aber jetzt noch nicht. Vielleicht bietet sich ja eine Gelegenheit, die Idee mit Paul zu besprechen, wenn er wieder einmal mit ihm auf ein Bierchen in das Stammlokal geht.

Es ist schon nach Mitternacht, als Clara und Hans sich von ihren gastfreundlichen Nachbarn, mit denen sie mittlerweile eine enge Freundschaft verbindet, verabschieden.

Auf dem kurzen Weg zur Wohnung von Hans kuschelt Clara sich glücklich an Hans und überrascht ihn zum wiederholten mal.

„Danke für deine Unterstützung, danke für deine noch frische Liebe zur Malerei, danke dass du, wenn ich es richtig verstanden habe, meine künstlerischen Vorhaben begleiten willst."

Hans nimmt sie in seine Arme und nach einem zärtlichen Kuss äußert er, sehr überzeugt, „Ich liebe dich".

Den Rest der Nacht überlässt Hans sich seinen Träumen, seinen Gedanken und er hört Clara singen.

Ich höre meine liebste singen
die töne schweben klingend zu mir
ein wunderbarer gesang
sie singt leise - ich höre -
ich lächle - sie lächelt auch
ich stimme ein in den gesang
das ist schön...

Zukunftsplanungen

Das neue Projekt in der Firma wird Hans, wenn keine unvorhersehbaren Störungen eintreten, im Januar des kommenden Jahres zum Abschluss bringen.

Bevor er sich allerdings mit den nachfolgenden beruflichen Aufgaben beschäftigt, will er seine persönlichen Zukunftsträume in das reale Leben übertragen.

Als an diesem Freitag sein Arbeitstag zu Ende ist, telefoniert Hans mit Clara und fragt sie, ob sie etwas dagegen hat, wenn er sie am Abend besucht. Clara hat selbstverständlich nichts dagegen, aber sie möchte gerne wissen, was für Hans der Anlass für die Verabredung ist. Sie merkt aber schnell, dass Hans am Telefon nicht darüber sprechen will. Ihre Frage, ob sie am Abend ein Omelett zubereiten soll, beantwortet er mit Zustimmung und fragt, welche Uhrzeit ihr recht ist.

„Passend ist 19 Uhr" sagt sie.

Nach diesen Worten beendet Hans sehr zufrieden das Gespräch.

Unmittelbar nach dem Anruf fährt er auf direktem Weg zu dem Blumenladen mit der freundlichen Verkäuferin, die ihn immer ein wenig an seine Mutter erinnert.

Sie blickt Hans fragend an. "Was kann ich für sie tun?" „Haben sie Baccara-Rosen?"

„Ja, die sind ganz frisch hereingekommen.

Wie viele dürfen es denn sein?"

„Ich möchte meiner Freundin eine wichtige Frage stellen," Die Floristin registriert lächelnd seine leichte Verlegenheit.

„Wenn das so ist, würde ich ihnen eine symbolische Zahl vorschlagen." Hans überlegt und als ihm dabei die vergangenen Monate seit seinem Besuch in Fischerhude einfallen, und er voller Glück an die wiedergefundene Liebe zu Clara denkt, sagt er:

„Ich bin jetzt schon seit fünf Monaten sehr glücklich und wenn meine Freundin einverstanden ist, möchte ich mit ihr gemeinsam auch in Zukunft glücklich sein."

Dann überlegt Hans, fünf Monate mal etwas mehr als vier Wochen das ergibt ca. 21 Wochen und so beschließt Hans 21 Baccara-Rosen zu kaufen. Wobei die Baccara nicht für das Spiel, sondern für das Glück stehen soll.

Je näher die Uhrzeiger auf 19 Uhr deuten, um so aufgeregter wird Hans. Als es ihn nicht mehr in seiner Wohnung hält, eilt er Claras Wohnung entgegen.

Voller Neugier, nach dem was Hans ihr nicht am Telefon sagen wollte, öffnet Clara die Wohnungstür und sieht sich einem wunderbaren Strauß von Baccara-Rosen gegenüber. Sanft schiebt Hans sich in die Wohnung, umarmt sie, küsst sie und übergibt ihr den Rosenstrauch.

Total überrascht bedankt sie sich und fragt:

„Ist etwas passiert? Habe ich etwas vergessen? Wofür sind die wunderbaren Rosen?"

Hans hat seine anfängliche Unsicherheit abgelegt und lächelnd schlägt er vor, zuerst einmal ein Gefäß für die Blumen zu holen.

Während sie eine Vase aus dem Schrank nimmt bittet sie Hans, eine Flasche Wein zu öffnen. Als er den Wein einschenkt, serviert sie die goldgelben Omelettes.

Nach dem Essen und einem Schlückchen Wein schaut Clara voller Erwartung auf Hans.

Bevor dieser zu seinem eigentlichen Anliegen kommt, gehen ihm völlig unvermittelt Gedanken durch den Kopf, die er sich nicht erklären kann.

Ihm fällt die Gemütlichkeit der unaufgeräumten Wohnung mit zerknüllten Kissen, herumliegenden Zeitschriften und Büchern auf. Dieser Eindruck scheint in einem absoluten Widerspruch zu der peniblen Ordnung in Claras Arbeitszimmer zu stehen.

Hans erkennt plötzlich, dass ihm diese Verschiedenheit nicht als unvereinbar vorkommt, sondern dass sie ihm eine Tür zu Claras Charakter öffnet.

Diese Einsicht lässt seinen Mut wachsen.

Mit einem Lächeln und einer einzelnen Rose, die er Clara überreicht, zieht er sie an sich und fragt: „Kannst du dir vorstellen mit einem wie mir dein weiteres Leben zu verbringen? Wenn du jetzt nicht sofort nein sagst, frage ich - willst du meine Frau werden - ?".

Clara, die nach den Rosen, der Geheimnis-krämerei und dem merkwürdigen Verhalten von Hans nicht völlig überrascht ist, sagt mit verschmitztem Lächeln:

„Wenn ich auch nicht genau weiß, warum ich so einen wie dich liebe, sage ich mit glück-lichem Herzen - ja, ich will."

Hans ist überglücklich und wirbelt Clara durch die Luft, küsst sie immer wieder und seine Augen glänzen, oder sind es die Augen von Clara, in deren tiefen Blau sich die Bilder der von ihm entdeckten Künstlerinnen und Künstler widerspiegeln.

Als die Verliebten sich nach einiger Zeit etwas beruhigt haben, erfährt Clara warum Hans seinem Nachbarn Paul so unendlich dankbar ist.

Der Verlust seiner Eltern hatte Hans sehr getroffen. Er fühlte sich allein gelassen. Er war nicht in der Lage zu erkennen, dass Claras Liebe eine Hilfe sein könnte. Seine Gedanken waren gefangen in der Trauer.

Nur mit Arbeit, so glaubte er, könne er sie überwinden. Das Ergebnis seiner Arbeitswut war das genaue Gegenteil. Seine Trauer blieb, er wurde reizbar und immer nervöser. In dieser Gemütsverfassung teilte ihm Clara mit, dass sie, obwohl sie vorgab ihn zu lieben, sich von ihm trennen möchte. Das alles verstand er nicht, ließ ihn verzweifeln. Er fühlte sich erschöpft, ausgelaugt und völlig am Ende.

Als Wendepunkt in seinem Denken bezeichnet er das prägende Zusammentreffen mit seinem Nachbarn.

„Hätte Paul mir nicht die Alternative zu meinem hektischen Verhalten vor einigen Monaten aufgezeigt, ich wäre möglicherweise immer noch ein Workaholic und hätte dich aller Voraussicht nach für immer verloren.

Dass, was Leben außer Arbeit noch bedeuten kann, ist mir erst durch die Begegnung mit Kunst und Kultur bewusst geworden. Schöne Landschaften haben mir zwar früher auch schon gefallen, aber jetzt sehe ich sie sozusagen durch eine Linse welche die Lichter der Natur in sich vereint."

Nach einem wunderbaren Abend und einer noch schöneren Nacht sitzen Clara und Hans am Frühstückstisch und überlegen die nächsten Schritte in ihrem zukünftigen Leben.

„Wann wollen wir heiraten? Wo soll das geschehen? Wer sollen unsere Gäste sein? Machen wir eine Hochzeitsreise?" Das sind die Themen, die das morgendliche Gespräch bestimmen.

„Ich würde es ganz schön finden, im Mai des kommenden Jahres zum Standesamt zu gehen", sagt Hans.

„Ja, das ist eine schöne Zeit und wir können anschließend für ein paar Tage nach Fischerhude fahren". „Prima", meint Hans, „wenn wir unsere Hochzeit in unserem Stammlokal mit deiner Mutter, ihrem Freund Ludwig und unseren Freunden Lisa und Paul feiern können".

Nach diesen Worten verdunkelt Nachdenklichkeit das bis dahin fröhliche Gesicht von Hans. „Was ist denn mit deinem Vater? Wann willst du ihn über unsere Pläne informieren? Hast du überhaupt noch Kontakt zu ihm? Was meinst du?"

Clara ist nun ebenfalls sehr ernst geworden, doch als sie sich äußert, ist das sehr klar. „Ich werde ihn von unserem Glück berichten und ihm mitteilen, wann der Termin im Standesamt ist. Seine Anwesenheit bei unserer Feier mit meiner Mutter und unseren Freunden will ich ihm und uns nicht zumuten."

In Hans wächst die Erkenntnis, dass er eine Frau heiraten wird, die sehr genau weiß, was sie will, aber gleichzeitig bemerkt er, dass ihn das nicht ängstigt, im Gegenteil, er ist sehr stolz auf Clara.

„So", fasst Hans zusammen, „Hochzeitstermin im Mai. Den Termin im Standesamt teilen wir deinem Vater, unseren Freundinnen und Freunden, Kolleginnen und Kollegen mit.

Eine Feier in unserem Lieblingslokal, als Gäste deine Mutter, Ludwig, Lisa und Paul. Mit uns sind das die wichtigsten Personen, mit denen wir in die Ehe starten wollen."

Nachdem Hans das aufgezählt hat, kommt

ihm plötzlich die Erinnerung an seine Hektik am Abend vor seinem damaligen Kurzurlaub in den Sinn. Ihm fallen die ersten Hinweise seines Nachbarn Paul auf die Künstler in Fischerhude und Worpswede ein. Ein Lächeln schleicht sich auf sein Gesicht und er ist glücklich, dass er seine zweite Reise nach Fischerhude nun gemeinsam mit seiner geliebten Frau erleben darf.

Plötzlich erblickt Clara den seligen Ausdruck auf dem Gesicht ihres zukünftigen Mannes.

„Was geht dir durch den Kopf? Lass mich an deinen Gedanken teilnehmen". „Ich dachte gerade an unsere geplante Hochzeitsreise nach Fischerhude."

„Das ist sehr schön, mir fällt dazu ein, dass ich die Zeit zwischen Wanderungen, Museumsbesuchen und Turteln, mit Versuchen zu meinem Foto-Projekt ausfüllen könnte", antwortet Clara.

Die zwei sind total überrascht, dass sie mit ihrer Zukunftsplanung schon so weit fortgeschritten sind. Als dann in ihren Überlegungen die Frage nach der zukünftigen Wohnung auftaucht, wird der klare Realitätssinn von Clara deutlich.

„Wir benötigen eine Wohnung zum Wohnen, mit einem Arbeitszimmer für dich und einem Atelier für mich."

„Das stimmt, aber ich hätte auch nichts dagegen, mindestens ein Kinderzimmer zu berücksichtigen." Clara antwortet mit einem zustimmenden Lächeln, „Wir nehmen uns jetzt die Zeit, die wir brauchen, um entsprechende Räume zu mieten oder zu kaufen".

Nach Überprüfung ihrer finanziellen Möglichkeiten findet die Zukunftsplanung ein vorläufiges Ende.

Clara ruft ihre Mutter an und sagt ihr, dass sie und Hans, sie gerne besuchen wollen.

Dem Besuch stimmt ihre Mutter freudig zu. Im Laufe des Telefonats glaubt Clara, das Gesicht ihrer Mutter vor sich zu sehen. Sie spürt förmlich wie ihre Mutter stolz auf ihre Tochter ist. Die Antwort auf weitere Fragen ihrer Mutter verschiebt sie auf den Tag ihres Besuches. Als Termin schlägt Claras Mutter den kommenden Sonntagnachmittag vor.

Es wird noch spät an diesem Abend. Aber Clara und Hans sind sehr zufrieden mit ihrer bisherigen Zukunftsplanung.

Als ihn die Müdigkeit überfällt, erklärt Hans, dass er nach Hause muss. Seine Post will er noch sichten, außerdem möchte er vor dem Besuch bei seiner zukünftigen Schwiegermutter und deren Lebensgefährten frische Kleidung für den kommenden Tag bereit legen.

In seiner Wohnung angekommen, sortiert er seine Post, aber es ist nichts wirklich wichtiges dabei.

Schnell springt er unter die Dusche.

Nach dem Bad schenkt er sich noch ein Gläschen Rotwein ein und genießt das Ende des wunderbaren Tages.

Mit großer Zufriedenheit und der nötigen Bettschwere fällt er in einen tiefen Schlaf. In seinen Träumen sieht er die gemeinsame Wohnung, erlebt die Schönheiten und Überraschungen der Liebe und dazwischen tauchenimmer wieder zwar noch undeutlich und sehr verschwommen, Bilder auf, die ihm seine berufliche Perspektiven aufzeigen.

Ganz andere Bilder aus den Museen und Ausstellungen mischen sich mit den Versuchen von Claras Fotoprojekt.

Als er am Morgen erwacht, nimmt er sich vor, das was ihm von seinen Träumen noch in Erinnerung ist zu notieren. Später will er Clara fragen, ob sie ebenfalls Träume hat. Wenn ja, will er sie mit ihr besprechen, um zu erfahren, wie denn seine Träume mit ihren Träumen korrespondieren, oder wie weit entfernt von der Realität das alles ist.

Sein zukünftiges Projekt in der Firma ist noch nicht spruchreif. Hans möchte aber unbedingt die bereits mit Clara besprochenen Termine einhalten.

Als erstes nimmt er sich vor, den Immobilienmarkt nach Objekten zu durchforsten, die den von Clara skizzierten gemeinsamen Vorstellungen entsprechen.

Zum zweiten möchte er Clara ermutigen, ihre beruflichen Vorstellungen weiter zu entwickeln.

Ein Schritt in die Selbstständigkeit als unabhängige Fotografin ist durchaus eine Alternative, die Hans sich vorstellen kann.

Im Laufe dieses sonntäglichen Vormittags verspürt er ein zunehmendes Unwohlsein.

Als Hans das zu analysieren versucht, wird ihm klar, dass er sich nach langer Zeit wieder einmal in eine unübersehbar stressige Situation steigert.

Zu seinem Glück fällt ihm der Traum von der geplanten Hochzeitsreise nach Fischerhude ein.

Gott sei dank, freut er sich und am frühen Nachmittag zieht er Jeans an, nimmt sein Lieblingsjackett, verlässt seine Wohnung und holt Clara so zeitig ab, dass sie pünktlich um 15 Uhr bei Helga und Ludwig eintreffen können.

Claras Mutter und Ludwig lassen es sich nicht nehmen, ihre beiden Gäste bereits an der Wohnungstür zu begrüßen. „Kommt herein, wir freuen uns auf euren Besuch".

Das klingt so recht nach der fröhlichen Art seiner zukünftigen Schwiegermutter denkt Hans.

Aber die weiß ja noch nichts von der Überraschung, die ihre Tochter mitgebracht hat.

„Nehmt Platz und greift zu", Helgas Stimme ist ein wenig unsicher, ihre gespannte Neugier kann sie nicht völlig verbergen. Der leckere Kuchen mit dem verheißungsvollen Namen „Donauwellen" in Verbindung mit dem frisch gebrühten Bohnenkaffee schaffen eine wunderbar friedliche Stimmung.

Nach einiger Zeit des Schweigens klingt Claras Stimme in ihrer sanften Klangfülle wie ein kleines Ausrufungszeichen.

„Wir wollen euch etwas wichtiges mitteilen".

„Nur zu, mach es nicht so spannend, ich kann es vor Aufregung kaum noch erwarten".

Helga hat seit Claras Anruf überlegt, was wohl der Grund für den Besuch sei. Einerseits hofft sie inständig, dass Clara und Hans heiraten werden, andererseits weiß sie nicht, ob sie sich völlig sicher sein kann.

Weil Clara die widersprüchlichen Gedanken in den Augen und auf dem Gesicht ihrer Mutter überdeutlich erkennt, richtet sie sich mit einem Lächeln an sie und Ludwig.

„Hans und ich, wir haben uns entschlossen, zukünftig gemeinsam durchs Leben zu gehen. Und weil wir diesen Schritt gleichermaßen als Chance und Verpflichtung verstehen, wollen wir heiraten."

In die stolze Betrachtung seiner zukünftigen Frau versunken zuckt Hans zusammen als Helga mit Tränen in den Augen, aber einem lauten „Herzlichen Glückwunsch" ihre Tochter in die Arme schließt.

Nach der Tochter freut sich auch Hans über die Umarmung der charmanten Schwiegermutter. Ludwig, dessen Überraschung sich mittlerweile in eine liebevolle Zustimmung verwandelt hat, wünscht dem Brautpaar ebenfalls von Herzen alles Gute.

Nach dem ereignisreichen Kaffeenachmittag bittet Helga ihren Ludwig, eine Flasche Sekt zu öffnen und auf die freudige Nachricht anzustoßen. Helga, die immer noch gerührt klingt, „und, was habt ihr schon geplant? Wo wollt ihr wohnen? Habt ihr schon einen Hochzeitstermin?" Wollt ihr eine Feier und wenn ja, wo soll sie stattfinden? Wohin geht eure Hochzeitsreise?".

Die Fragen nehmen kein Ende. Hans übernimmt es, zunächst auf die ersten Fragen zu antworten.

„Wir haben schon sehr viel geplant. Wir wollen eine Wohnung, die gleichzeitig unseren gemeinsamen und individuellen Bedürfnissen entspricht, mieten oder, wenn es geht, kaufen. Im Moment sind wir auf der Suche nach geeigneten Objekten".

Hans berichtet von dem Kassensturz, den Clara und er bereits vorgenommen haben. Bei der Bemerkung Kassensturz unterbricht Helga seinen Bericht. „Reichen eure Finanzen aus?"

„Das wissen wir noch nicht genau", sagt Clara. Ludwig mischt sich in die Unterhaltung ein und verspricht, seine ehemaligen Verbindungen zu diversen Hausbesitzern aufzufrischen.

Helga bietet an, mit ihren finanziellen Möglichkeiten zu helfen.

„Ja, wir danken euch herzlich für eure Bereitschaft, uns zu helfen, aber es muss ja nicht alles sofort erledigt werden".

Clara erzählt dann von der Trauung, die im historischen Bandwirker-Museum im Heimatdorfes stattfinden soll. Anschließend gibt sie den Termin bekannt und berichtet von der geplanten Hochzeitsfeier in ihrem Lieblingslokal.

Helga unterbricht Clara mit nachdenklicher Miene, „hast du schon darüber nachgedacht was du deinem Vater sagen willst?". Clara überrascht diese Frage nicht wirklich. „Wir werden meinen Vater zur Trauung im Standesamt einladen. Eine Einladung zur Hochzeitsfeier wollen wir ihm und uns nicht zumuten".

„Ich glaube, das ist eine gute Entscheidung", und sie denkt, dass Claras Vater, nachdem sie sich von ihm getrennt hat, eine neue Familie gegründet hat und darum schon lange nicht mehr zu seiner ehemaligen Familie gehört.

„Die Hochzeitsfeier soll nach der standesamtlichen Trauung am Abend des selben Tages in unserem Lieblingslokal stattfinden".

Hans fügt hinzu: „Liebe Helga, lieber Ludwig, wir wollen euch ganz herzlich zu unserer Hochzeitsfeier einladen."

Im weiteren Verlauf des Tages erzählt Hans, dass sie außerdem nur ihre Freunde und Nachbarn, Lisa und Paul Vogel, einladen wollen. Auch den Grund, sich für eine so kleine Zahl von Gästen zu entscheiden, begründet Hans mit der großen Dankbarkeit, die er empfindet, wenn er an die erfolgreiche Therapie denkt, die ihn von einem Workaholic zu einem zufriedenen und ausgeglichenen Menschen gemacht hat. Zu einem Menschen der seine Sinnlichkeit neu entdeckt hat.

„Ohne den Vorschlag von Paul, eine stressige Reise von über 800 km gegen eine gemütliche Fahrt in eine Landschaft der Ruhe, der Weite und des Friedens auszutauschen, wäre ich den Stress und meine Unruhe nicht losgeworden.

Die Gründe, die Clara veranlasst haben sich von mir zu trennen hätte ich möglicherweise nie begreifen können. Ich bin dankbar, dass ich durch die Entdeckung der Kunst und Ruhe mich selbst neu entdecken konnte. Clara, Paul und unsere liebe Freundin Lisa sind die Glühwürmchen, die meinen neuen Lebensweg beleuchten."

Nach diesen Worten nimmt Clara ihren Hans ganz fest in ihre Arme und bemerkt mit glücklichem Lächeln: „Danke, ich freue mich sehr auf unsere Zukunft".

Nach so vielen emotionalen Höhepunkten endet der denkwürdige Sonntag mit der simplen Wahrheit, dass der kommende Tag ein Werktag ist.

Ebenso wahr ist es, dass die Welt um das glückliche Paar herum sich deswegen in keiner Weise verändern wird.

Claras Träume

Als Clara sich am Morgen auf dem Weg zur Arbeit an den vergangenen Sonntag erinnert, ist sie immer noch ganz gefangen von den Emotionen, die sie überfluten, wenn sie an ihre Liebe zu Hans denkt.

Sie ist glücklich, eine Familie zu haben, mit der sie das alles teilen kann. Sie erinnert sich auch daran, dass Hans, der ihr von seinen Träumen erzählt hat, auch wissen will was denn ihre Träume sind.

Sie erinnert sich, dass die Träume, die Hans ihr geschildert hat, mit der gemeinsamen Wohnung und ihrer Liebe zu tun haben. Ja, denkt sie, solche Träume habe ich ebenfalls, auch wenn die Bilder und Wünsche vielleicht anders aussehen.

Die undeutlichen, verschwommenen Bilder in den Träumen von Hans über seine berufliche Zukunft kann sie nicht nachvollziehen.

Aber die Bilder ihrer eigenen beruflichen Zukunft sind bei Leibe nicht verschwommen oder undeutlich, nein, sie strahlen in absoluter Klarheit in ihren Träumen ebenso wie in ihren realen Vorstellungen.

Sie kann sich ein eigenes Fotostudio sehr gut vorstellen und auch die ersten Projekte sind schon fest umrissen in ihrem Kopf.

Wenn es Hans gelingen sollte, ihre Bilder mit ent sprechenden Texten zu begleiten, kann sie sich sogar ein Fotobuch mit Ihren Fotos und seinen Texten vorstellen.

In Claras Gedankengänge drängen sich die Worte von Hans, dass er seine Sinnlichkeit neu entdeckt hat. Sie ist von dieser Aussage immer noch total ergriffen. Am Mittwoch, so hat sie mit ihm besprochen, will sie eine Kleinigkeit kochen und ihm dann auch von ihren Träumen erzählen.

Hans kommt, wie immer, etwas früher als vereinbart, aber das ist die Sehnsucht und es macht auch überhaupt nichts aus, sind doch beide davon befallen. Nach der freudigen Begrüßung lassen sie sich das Essen gut schmecken.

Später, der gemeinsame Abwasch ist erledigt, bittet Clara Hans, eine Flasche Wein zu öffnen während sie die Gläser bereit stellt. Nach dem ersten Schlückchen füllt ihre samtige Stimme den Raum:

„Lieber Hans, ich bin immer noch ganz verzaubert von dir". „Das ist aber toll" klingen die Worte, die sein spitzbübisches Augenzwinkern begleiten.

„Deine Bewertung der Sinnlichkeit deckt sich in ganz besonderer Weise mit meinen Vorstellungen, die ich schon vor einiger Zeit formuliert habe. Einige entsprechenden Zitate und Aussagen von unterschiedlichen Persönlichkeiten haben mich inspiriert.

Die Kunst mit all ihren Facetten weckt unsere

Sinnlichkeit, weil sie unsere Sinne anregt. Sie ist kein Wunder. Sie bietet uns die Freiheit durch Sehen, Hören, Riechen, Schmecken und Tasten. Sie macht es möglich, uns selbst zu entdecken.

Die Sinnlichkeit ist eine wichtige menschliche Fähigkeit, ohne die unser Tun keinen Sinn ergibt. Durch die geöffneten Sinne kann man das Schöne und Anregende dieser Welt erfahren."

Nachdem Hans überrascht, doch mit großer Aufmerksamkeit, den Worten gelauscht hat, springt er aus dem Sessel, umarmt Clara stürmisch und tanzt mit ihr durch die Wohnung. Clara kann ihr lautes Lachen mit der vorgehaltenen Hand kaum dämpfen und macht mit ausdrucksstarker Gestik auf den Lärm aufmerksam.

„Meine Nachbarn werden sich über mich wundern, so einen Krach habe ich noch niemals gemacht".

Nach dem wilden Freudentanz zieht sie Hans auf die Couch, setzt sich neben ihn und berichtet ihm von ihren Träumen.

Ihre geträumten Vorstellungen über die neue Wohnung entsprechen in weiten Teilen den Träumen, die auch Hans geträumt hat. Ein anderer, nicht weniger wichtige Traum, betrifft ihre berufliche Zukunft. Die Inspirationen durch die Künstlerinnen und Künstler, von Worpswede und Fischerhude bis ins „Blaue Land" in Bayern, sind in ihrem Traum immer deutlicher geworden.

Ihrem Wunsch nach Selbstständigkeit ist der Sprung über die Traumgrenze in die Wirklichkeit gelungen.

„Ich will meine Vorstellungen von Bildgestaltung künstlerisch verwirklichen und dabei möglichst unbeeinflusst von ökonomischen Zwängen sein". Nachdenklich fügt sie dann hinzu:

„Ohne deine Zustimmung und Unterstützung kann ich das aber nicht verwirklichen". Fasziniert hat Hans ihr zugehört, ihre leuchtenden Augen und der begeisterte Ausdruck auf ihrem Gesicht haben ihn in eine Stimmung versetzt, die er mit dem Gefühl ein glücklicher Mensch zu sein bezeichnen würde.

„Zur Erfüllung deiner Träume sollst du alle Freiheit bekommen, die ich dir geben kann". Zur Unterstützung seiner Worte zitiert Hans Friedrich Schiller:

„Die Kunst ist eine Tochter der Freiheit".

Clara fühlt sich auf eine angenehme Weise eingehüllt in die Gefühlswelt ihres zukünftigen Mannes. Mit diesem angenehmen Gefühl sinkt sie spät am Abend, umarmt von Hans, in einen erholsamen Schlaf. Am Morgen trennen die beruflichen Pflichten ihre Zweisamkeit.

Ein Weihnachtswunsch

Die Novemberstürme haben die Blätter von den Bäumen geweht und die Welt in triste schwarz/weiß gefärbte Bilder verwandelt.

Der Eindruck, die Natur sei gestorben ist jedoch so irreführend wie die kreatürliche Furcht vor dem Ende allen Seins.

Der Kreislauf des Lebens, der Welt, ja des ganzen Universums, ist niemals zu Ende.

Als sich Clara am Morgen beim verlassen ihrer Wohnung der frühwinterlichen Farblosigkeit ausgesetzt fühlt, wird ihr der Kreislauf der Natur in ihrer ganzen Unendlichkeit bewusst.

Mit dieser Erkenntnis bewegen sich ihre Gedanken mit großer Freude in Richtung ihrer Zukunft.

Die zur Auswahl stehenden Wohnungen wird sie sich mit Hans in der kommenden Woche ansehen und sie ist sie sich ziemlich sicher, eine passende Wohnung finden.

Das Weihnachtsfest werden sie am ersten Feiertag mit Helga und Ludwig verleben. Für den zweiten Weihnachtstag haben sie sich mit Lisa und Paul zu einem Winterspaziergang verabredet.

Die geplante Hochzeit im Bandwirker-Museum ist mit der Standesbeamtin und dem Museum auf Ende April des kommenden Jahres festgelegt.

Die Reservierung für die Feier hat Hans bereits vorsorglich mit dem Wirt des Restaurants besprochen. Im Anschluss an die Feier bzw. für den nächsten Morgen ist die Hochzeitsreise nach Fischerhude geplant.

Alles klar, denkt Clara und widmet sich ihrer Arbeit.

Nach Feierabend schweifen ihre Gedanken nach Fischerhude. Wenn sie an den Brief von Hans und seine Beschreibungen von der Natur und den Künstlerinnen und Künstlern denkt, steigt ihre Neugier ins Unermessliche.

Ganz besonders hat sich der Name Paula-Modersohn-Becker in ihrem Kopf festgesetzt.

Sie denkt an die in Murnau entstandene Idee, den Expressionisten mit ihrer Kamera nachzueifern und die Fotos in Farben und Strukturen zu bearbeiten.

Wenn sie schon den Gedanken hatte Andreas Feininger oder Andy Warhol nachzueifern, was könnte sie dann noch daran hindern, den expressionistischen Inspirationen ihrer Geschlechtsgenossin Paula- Modersohn-Becker zu folgen.

Weil Hans sie zum Essen eingeladen hat, hat Clara schon am Mittag eine Tiramisu vorbereitet. Nachdem sie dieses Dessert und einige Weihnachtsplätzchen von ihrer Mutter eingepackt hat, macht sie sich auf den Weg. Nach dem Klingeln bei Hans dauert es eine Weile bis er mit umgebundener Schürze, einem zerzausten Haarschopf und einem freudigen Lächeln die Haustür aufreißt und Clara an sich reißt. „Vorsicht, du zerdrückst mir ja das Tiramisu und die Plätzchen".

„Macht nichts" grient er „das schmeckt auch in zerdrücktem Zustand". Er drückt entschlossen die Tür des Hauses zu, zieht Clara ins Wohnzimmer, bittet sie Platz zu nehmen und marschiert in die Küche.

Dort hört Clara ihn mächtig mit Töpfen, Besteck und Geschirr hantieren. „Bin gleich so weit" entschuldigt er sich als er die Bestecke auf den Tisch legt. Kurze Zeit später kommt er mit den Töpfen und Schüsseln und serviert würzig duftende Lammfilets mit Bratkartoffeln und frischem Salat. Dazu schenkt er einen Kaiserstühler Spätburgunder aus.

Es wird ruhig, das Genießen der Speisen schränkt die Unterhaltung in dieser Zeit ein.

Nach dem sinnlichen Geschmackserlebnis werden die Töpfe, Teller, Schüsseln und Bestecke in die Spülmaschine sortiert.

Clara serviert das aus dem Kühlschrank genommene Tiramisu, brüht für jeden einen Espresso, stellt diese auf den Tisch und lässt sich mit einem zufriedenen „Wunderbar" in einen Sessel gleiten.

Nach dem Dessert mit Tiramisu und Espresso erhebt sie ihr Weinglas und prostet ihrem Zukünftigen zu.

„In sechs Wochen ist schon Weihnachten". „Das ist aber auch gut so, denn danach sind es immer noch vier endlos lange Monate bis zu unserer Hochzeit."

„Auf die anschließende Reise nach Fischerhude freue ich mich ganz besonders".

Clara nach einer kleinen Gedankenpause: „Es gibt noch etwas, das mir besonders wichtig ist". „Was ist dir denn so wichtig?" „Ich hätte einen Weihnachtswunsch."

„Und was ist dein Wunsch?" „Ich wünsche mir eine Biografie der Malerin Paula- Modersohn-Becker".

Hans und das Weihnachtsgeschenk

Clara's Wunsch nach einer Biografie von Paula-Modersohn-Becker beschäftigt Hans über den nächsten Tag hinaus. Er erinnert sich an seine ersten Bücher über die Maler in Worpswede und Fischerhude.

Paula-Modersohn-Becker war ihm selbstverständlich bekannt, hatte er doch schon viele Bilder von ihr in Worpswede, Fischerhude und in der Böttcherstrasse in Bremen gesehen, aber Biografisches hatte er bisher nur über Heinrich Vogeler und Otto Modersohn gelesen.

Hans beschießt, eine Biografie von Paula zu erwerben. Er entscheidet sich für das fast 800 Seiten starke und mit 65 Abbildungen versehene Buch „Paula- odersohn-Becker" in Briefen und Tagebüchern, herausgegeben im Jahr ihres 100sten Todestages 2007 von Günter Busch und Liselotte von Reinken.

Am Ende eines anstrengenden Arbeitstages mit zwei intensiven Schulungen über Qualitätsmanagement und interne Audits, ist Hans rechtschaffend müde. Seine Gedanken haben aber noch nicht vor zu schlafen. Sie bewegen sich durch die Welt der Malerinnen und Maler in Worpswede und Fischerhude.

Der Kauf des Weihnachtsgeschenks hat ihn erneut in die wunderbare Welt der Kunst geleitet.

Nach einem Imbiss greift Hans sich das Buch

über Paula-Modersohn-Becker.

Auf Grund seiner schon empfundenen Müdigkeit will er sich nur ganz kurz über den Inhalt informieren.

Er beginnt mit einem durchblättern des umfangreichen Buches. Die Abbildungen versetzen ihn sofort in die Zeit seiner eindrucksvollen Reise nach Fischerhude.

Die ersten Eindrücke aus Paulas Briefen und Tagebüchern fesseln ihn in eigentümlich intensiver Weise. Seine Müdigkeit scheint verschwunden, sein Geist ist wach und sein Interesse am Leben einer offensichtlich ungewöhnlichen Frau und Künstlerin wächst unaufhaltsam.

Hans ist tief ergriffen von Paulas Selbstzeugnissen, die sich in Wort und Bild vor ihm ausbreiten. Er erkennt bei der Betrachtung der Gemälde die große Bedeutung dieser Frau, die sich als erste Künstlerin selbst lebensgroß als Akt gemalt hat.

Bei seinen Erkenntnissen über die vielseitige Malerin, die von anfänglicher Unsicherheit zu wachsendem Selbstbewusstsein findet, erscheint ihm immer öfter Claras Bild vor Augen.

Sie, die auch immer neugierig und forschend alles Unbekannte untersuchen will und die mit ihren eigenen Mitteln den Sinn des Lebens zu ergründen sucht.

Wie Paula-Modersohn ihre Sicherheit in der Ehe mit Otto Modersohn findet, braucht auch

Clara Sicherheit, um ihre künstlerische Zukunft zu gestalten.

In dem Maße wie Hans das immer klarer wird, in dem Maße wächst sein Wille, ihr mit allen seinen Möglichkeiten zur Seite zu stehen.

Am besten würde es ihm gefallen, wenn er ihr über die Sicherheit hinaus, Liebe und Geborgenheit bieten könnte.

Hans wird klar, dass Paula-Modersohn-Becker für Clara Westermann ein Vorbild, eine sinngebende Schwester und Gedankenfreundin werden kann.

Es ist bereits Mitternacht als Hans das Buch aus der Hand legt. Als er sich wenig später in sein Bett legt nimmt er sich vor, möglichst alle Ziele zu verwirklichen, doch niemals will er ohne Träume sein.

Denn, so hat einmal ein kluger Mensch, dessen Namen er vergessen hat, gesagt:

Wer denkt er sei am Ziel, der hat verloren. Wer alles zu haben glaubt, was bleibt dem noch? Welcher Sinn bleibt, wenn alle Träume verwirklicht sind?

Die erste gemeinsame Wohnung

Es ist kurz vor dem Weihnachtsfest als sich Ludwig bei Clara meldet und von einer Wohnung berichtet, die einer seiner früheren Kollegen zum Kauf anbietet.

Ludwig hat einen Termin zur Besichtigung bereits reservieren lassen.

„Das Objekt ist eine Loftwohnung in einer ehemaligen Textilfabrik.

Am kommenden Montag um 17 Uhr besteht die Möglichkeit, den Makler zu treffen und die Wohnung zu besichtigen".

Ludwig nennt Clara eine Telefonnummer bei der sie, wenn sie mit Hans einig geworden ist, schnellstens anrufen soll.

Clara bedankt sich und ruft gleich anschließend Hans in der Firma an.

Das Telefon klingelt, aber bevor dieser sich überhaupt melden kann, überfällt sie ihn mit aufgeregter Stimme:

„Wir können uns am Montag eine Wohnung ansehen. Ludwigs früherer Kollege, ein Makler, hat anscheinend etwas passendes anzubieten".

„Hat Ludwig etwas zu der Wohnung sagen können?"

„Ja, es ist ein Loft in einer ehemaligen Fabrik".

Nach einer Weile und nach der Überprüfung seines Terminkalenders stimmt Hans dem Termin zu.

Clara beendet das Gespräch mit dem Hinweis,

dem Makler sofort den Termin zu bestätigen.

Am Montag holt Hans Clara von ihrer Wohnung ab und sie fahren zu der nahe gelegenen Adresse.

Der Makler, der schon vor Ort ist begrüßt die beiden und geht auf ein Backsteingebäude zu.

Die frühere Nutzung als Fabrik ist zwar gut zu erkennen, aber alles macht einen gepflegten Eindruck.

Im Gebäude sind vier Wohnungen, zwei im Erdgeschoss und zwei auf der ersten Etage, diese sind beide zur Hälfte mit einem so genannten Sheddach versehen.

Der Makler eröffnet die Besichtigung und fährt mit seinen Kunden mit dem Aufzug in die erste Etage, wo er die Tür der zu verkaufenden Wohnung öffnet.

Das erste was Clara sieht, ist ein großzügiger Eingangsbereich, kein Korridor, eher eine Diele. Hier befinden sich die Türen zur Gästetoilette mit Dusche, zum Bad mit Wanne, Dusche und Außenfenster. Eine weitere Tür öffnet sich zu einem kleinen Korridor von dem zwei weitere Türen jeweils in großzügige Arbeitsräume bzw. Ateliers führen.

Die Sheddächer sorgen hier für großartige Lichtverhältnisse.

Nach diesen überzeugenden Räumen geht es zurück in die Diele.

Durch eine weitere Tür erreichen die Besucher einen beinahe quadratischen Raum mit einer großen Fensterfront in der eine Balkontür den Zugang zum angebauten Südbalkon ermöglicht.

Hans und Clara sehen sich mit leuchtenden Augen an. Wenn jetzt noch die beiden Schlafräume nur annähernd so sind wie das bis jetzt gesehene, würde diese Wohnung ihre optimistischsten Träume übertreffen.

Die beiden Zimmer mit jeweils ca. 20 qm$_2$ haben ebenfalls große Fenster und sind nach Süden ausgerichtet.

Hans und Clara möchten diese Wohnung auf jeden Fall erwerben.

Nach der Rücksprache mit dem Makler bleibt ihnen bis zur letzten Dezemberwoche Zeit, sich zu entscheiden und der Finanzierung ein realistisches Fundament zu geben.

Nach der Besichtigung überredet Clara Hans, sofort ihre Mutter von dieser Traumwohnung zu berichten.

Dieser Tag endet mit dem Ergebnis, dass sie mit finanzieller Hilfe von Helga und Ludwig sowie den eigenen Möglichkeiten und der Finanzierung der Restsumme durch eine Bank, die Wohnung kaufen können.

Die letzten Tage des zu Ende gehenden Jahres vergehen Dank der Festvorbereitungen wie im Flug.

Obwohl die Wohnungsplanungen in der verbleibenden Freizeit nicht annähernd abgeschlossen werden können, hat Clara schon eine

Stückliste erstellt in der sie die benötigten Geräte, die sie in ihrem zukünftigen Atelier haben möchte, aufgeführt hat.

Hans ist der Meinung, dass er mit seinen vorhandenen Möbeln sein Arbeitszimmer vollständig einrichten kann.

Das Wohnzimmer wird am Anfang eine Mischung der Möbeln aus ihren bisherigen Wohnungen sein.

Weil Hans von der Firma eine gut dotierte Prämie für den erfolgreichen Abschluss seines Projektes bekommen wird, kann auch ein neues Schlafzimmer gekauft werden.

Das Weihnachtsfest kann kommen, im Januar wird die Wohnung eingerichtet, und spätestens Anfang Februar soll die erste gemeinsame Wohnung bezogen werden.

Claras Gedanken

Am Donnerstag, nach der gemeinsamen Sylvesterfeier in der Wohnung ihrer Freunde Lisa und Paul, sind auch Clara und Hans wieder im Alltag angekommen.

Hans hat ein neues Projekt übernommen.

Lisa bekommt einen interessanten Auftrag, sie soll Fotos zur Gestaltung eines Theaterprospektes erstellen. Die Zustimmung zum Fotografieren bei den Proben in Oper und Schauspiel ist schon von ihrem Chef eingeholt worden.

Ihre ersten Fotos aus dem Tanztheater hat sie bereits fertig bearbeitet.

Parallel zu diesen in konventioneller Bildbearbeitung gestalteten Fotos hat sie sich bei einigen Aufnahmen von den künstlerischen Ausdrucksmitteln von Andreas Feininger und Andy Wahrhol inspirieren lassen.

Ob sie diese Bilder ihrem Chef zeigen wird, lässt Clara im Moment unbeantwortet. In ihren Gedanken sieht sie sich bereits als selbstständige Fotografin.

Sie erkennt hinter ihrem Wunsch aber auch das Risiko ohne Einkommen, wie einst Paula-Modersohn-Becker, auf die Hilfe ihres Mannes angewiesen zu sein.

Aus Unsicherheit über das was sie ihrer Liebe und ihrem Partner zumuten kann, verschiebt sie ihren Wunsch, eine unabhängige Künstlerin zu sein, in eine noch zu gestaltende ferne Zukunft.

Bei den Gedanken über ihren sehnlichen Wunsch schieben sich immer wieder Einzelheiten aus dem Weihnachtsgeschenk, der Biografie über Paula-Modersohn-Becker, in den Vordergrund.

Nur zwei Bilder hatte Paula verkauft, als sie wenige Tage nach der Geburt ihrer Tochter starb. Sie war gerade einunddreißig Jahre alt.

Selbstverständlich will Clara nicht so früh sterben wie ihr künstlerisches Vorbild. Aber wenn sie daran denkt, dass Paula von ihren mehr als tausend Zeichnungen und ca. siebenhundert Gemälden nur zwei zu Lebzeiten verkaufen konnte, so offenbart sich Paulas wirtschaftliche Abhängigkeit.

Mit einer solchen Abhängigkeit leben zu müssen, kann Clara sich nicht vorstellen.

Dennoch möchte sie eine ebenso selbstbewusste Frau wie Paula-Modersohn-Becker sein.

Mit ihrer Kunst möchte sie, wenn es möglich ist, ein Zeichen in der zeitgenössischen Fotokunst setzen.

Sie will die Aussage des Malers Paul Klee von 1920 mit ihrer Fotokunst unterstreichen.

"Kunst gibt nicht das Sichtbare wieder, sondern macht sichtbar."

Die Wohnung, Hochzeit, Fischerhude

Der Hochzeitstag rückt näher und Hans wird immer ungeduldiger. Er möchte am liebsten, dass der Termin mit Lichtgeschwindigkeit erreicht wird.

Das Thema Hochzeit verdrängt alles weitere. Die neue Wohnung und seine Arbeit sind nach hinten gerückt.

Mit diesen Gedanken im Kopf geht Hans am Donnerstag zur wöchentlichen Stammtischrunde.

Er kommt als Letzter, Paul und die übrigen Freunde sind bereits da und begrüßen ihn.

„Hallo, Hans, wie geht es dir, du siehst etwas gestresst aus, was beunruhigt dich?"

Hans grüßt zurück in die Runde und berichtet in kurzen Worten, dass er die Vermählung mit Clara kaum noch erwarten kann.

„Wann ist denn nun der Termin?" Kommt es aus der Runde.

„Zuerst einmal werden wir unsere neue Wohnung Anfang Februar in Besitz nehmen, dann dauert es immer noch über drei Monate bis zur Hochzeit".

Als er den Zeitraum nennt, kommt dieser ihm wie drei Jahre vor.

Die Freunde der Tischrunde fordern ihn schmunzelnd auf, eine Runde zu bestellen und seinen Stress mit ihnen zu teilen.

Später, als er sich mit Paul auf dem Heimweg

befindet, versucht dieser mit tröstenden Worten die Ungeduld seines Freundes zu relativieren. Das gelingt mit dem Hinweis auf die Hochzeitsreise nach Fischerhude.

Mit den Vorbereitungen zur Hochzeit und der Einrichtung der neuen Wohnung so, wie mit den beruflichen Anforderungen, scheinen die Wochen bis zum Monat Mai überraschender Weise immer kürzer zu werden.

Nachdem Clara und Hans Anfang Februar in ihr neues Refugium eingezogen sind, scheint ihr Zusammenleben einem geheimen Rhythmus zu folgen.

Für die kommenden Wochen und Monate wird die Hochzeit und der Besuch in Fischerhude zu einem immer festeren Anker in ihrem gemeinsamen Leben.

Am Tag ihrer Hochzeit sind Clara und Hans schon früh am Morgen bereit, den Tag zu genießen.

Beim Anblick Claras, die in einem eleganten blauen Hosenanzug und einem gleichfarbigen Kurzmantel erscheint, ist Hans geradezu stolz auf seine wunderschöne Braut.

Er selbst hat einen dezenten grauen Anzug mit einem schlichten weißen Hemd ohne Krawatte angezogen. Sein Wetterschutz ist ebenfalls ein Kurzmantel, dessen dunkelgraue Farbe gut zu seinem etwas helleren Anzug passt.

„Gut schaust du aus, elegant und zugleich

sportlich".

„Na ja, mit deiner Schönheit kann ich nicht konkurrieren, da habe ich mich für die sportliche Variante entschieden".

Hans holt nach diesen Worten einen prächtigen Strauß mit weißem Flieder aus der Gästetoilette. Er bittet Clara, diese Blumen als Brautstrauß zum Standesamt mitzunehmen.

So ausgestattet verlassen die Brautleute ihre Wohnung und steigen zu Ludwig und Helga ins Auto.

Claras Mutter strahlt über ihr ganzes Gesicht, als das glückliche Paar auf der Rückbank Platz genommen hat.

Freunde, Bekannte, Nachbarn, Kolleginnen und Kollegen begrüßen das Brautpaar mit einem Lächeln oder mit einem freundlichen „Hallo".

Vor dem Bandwirker Museum, in dem die Trauung stattfinden soll, tritt Claras Vater mit einem zaghaften „Guten Tag", auf das Paar zu.

Sie antwortet ihm mit einem Lächeln,

„Hey Papa, ich freue mich, dass du gekommen bist".

Nach diesen Worten wendet der Vater sich an Helga und begrüßt diese mit „Entschuldige, ich war kein guter Vater, aber ich gratuliere dir zu deiner wunderbaren Tochter".

Die selbstbewusste Helga antwortet:

„Ich bin dankbar, ohne dich gäbe es sie nicht, aber ebenso sicher ist, dass sie nur ohne dich das geworden ist, was sie ist".

Claras Vater nimmt die Worte zerknirscht, aber mit Zustimmung und einem verständnisvollen Lächeln zu Kenntnis.

Die Hochzeitsgesellschaft besetzt im musealen Flair zwischen Bandwebmaschinen, die Stühle gegenüber der Standesbeamtin.

Nach wenigen notwendigen Trauungsformeln wünscht die Beamtin in ganz persönlichen Worten dem Brautpaar alles Gute.

Symbolisch bindet sie mit einem Band aus dem Museum den Lebensbund von Clara und Hans.

Nach den Unterschriften unter das Heiratsdokument besiegeln Clara und Hans ihren Lebensbund mit einem zärtlichen Kuss.

Dann servieren die Freunde Lisa und Paul Sekt und Orangensaft, damit alle Gäste auf das Glück der frisch Vermählten anstoßen können.

Claras Vater richtet noch einmal einige Worte an das junge Paar und deren Gäste.

„Liebe Clara, lieber Hans, ich wünsche euch alles erdenklich Gute. Mögen alle eure Träume in Erfüllung gehen.

Lieber Hans, mach es besser als ich. Achtet darauf, dass ihr niemals ohne Träume seid".

Dann umarmt er Clara, die sichtlich gerührt ist, verabschiedet sich von Hans mit einem festen Händedruck, winkt den versammelten Gästen einen Gruß zu und verlässt den Raum.

Nach der Trauung fahren Helga und Ludwig

mit Clara und Hans in deren Wohnung.

Für den Nachmittag haben Lisa und Paul das Brautpaar und Helga und Ludwig zu einer Kaffeerunde eingeladen.

Am Abend findet sich die kleine Gesellschaft im Stammlokal von Paul und Hans ein.

Die Wirtin, der Wirt und das Personal wünschen eine glückliche Zukunft.

Der Wirt fügt mit einem Augenzwinkern hinzu,

„Wir haben auch eine Kinderkarte und Babystühlchen".

„Wir werden darauf zurück kommen" tönt es fröhlich zurück.

Am folgenden Vormittag macht sich unser junges Paar voller Urlaubsfreude an das Kofferpacken. Hans verzurrt die Räder auf dem Fahrradträger, prüft den Ölstand und fährt zur Tankstelle, um den Tank zu füllen.

Als dann am Mittag das Gepäck verladen ist, startet die Hochzeitsreise nach Fischerhude.

Nach stressfreier Fahrt und gemütlichen drei Stunden steigen die Urlauber am Gasthof Berkelmann aus dem Auto.

Hier schließt sich der Kreis, den Hans sich schon bei seinem ersten Aufenthalt vorgestellt hat.

Der damalige scheinbar unerfüllbare Wunsch mit Clara in Fischerhude zu sein, hat sich auf wundersame Weise erfüllt.

Am nächsten Morgen berichtet Clara am Frühstückstisch, was sie von der Entdeckung Fischerhudes durch Otto Modersohn und Fritz Overbeck im Sommer des Jahres 1896 gelesen hat.

Der junge einunddreißigjährige Otto Modersohn empfand schon damals die wunderbar entschleunigende Wirkung dieses von Bauern und Fischern bewohnten Dorfes.

Elf Jahre später, nach dem Tod seiner zweiten Frau, der Malerin Paula Becker, zog sich Modersohn in die einsame Zauberwelt Fischerhudes zurück.

Hier lernte er auch den Maler Heinrich Breling und dessen Tochter Louise kennen. Diese heiratete Otto Modersohn im Jahre 1909.

Mit Louise erlebte er noch einmal eine sehr intensive Schaffensperiode.

Bei den vielen Reisen nach Franken und in das Allgäu nach Hindelang entstand eine große Zahl von beeindruckenden Landschaftsbildern.

Bis zu seinem Tode arbeitete und wohnte Otto Modersohn in der Moorheide am Rande von Fischerhude.

„Ja, sagt Hans, „das werden wir uns beim Besuch des Otto-Modersohn-Museums etwas genauer ansehen".

„Ich schlage vor, dass wir mit einer kleinen Wanderung durch die Wümmelandschaft zum Modersohn-Museum und dem anschließenden Besuch im Café Rilke unseren ersten Tag in Fischerhude gestalten".

Diesem Vorschlag folgt Clara sehr begeistert, hat sie doch auch gelesen, dass ihre Namensschwester Clara Rilke-Westhoff im Alter von 44 Jahren mit ihrer Tochter nach Fischerhude kam, wo sie im Jahre 1954 gestorben ist.

„In dem Haus, in dem Clara Rilke-Westhoff wohnte und in dem sie ihr Atelier hatte, befindet sich heute das schon erwähnte Café Rilke", ergänzt Hans den Bericht seiner Frau.

Als sie später durch das Dorf und anschließend an der Wümme entlang wandern, fallen Clara, neben den malerischen Entenhäusern, die Brücken auf, die über das Wasser führen und die über der Mitte des Flüsschens ziemlich hoch sind.

Als sie Hans darauf anspricht erklärt er: „Bis in die heutige Zeit wird eine alte Tradition gepflegt.

Wie in der Vergangenheit wird auch heute noch, hin und wieder, die Heuernte oder die Beute der Aalfischer auf Booten transportiert. Damit die Boote unter den Brücken hindurch passen, sind sie erhöht".

Am Abend ist Clara´s letzter Gedanke vor dem Einschlafen.

Ich bin sicher, dass ich keinen besseren Reiseleiter als Hans für die Erkundung der Maler, der Menschen und der Landschaft, hätte finden können.

Epilog

Einige Tage nach der Feier aus Anlass der Vermählung ihrer Freunde Clara Westermann und Hans Becker sitzen Lisa und Paul Vogel mit einem leichten Weißwein in der Abenddämmerung auf ihrer Terrasse.

„Nun wird Clara wohl ihren Hans so erleben wie ich mir das gewünscht habe, als ich ihm damals zu einer Reise nach Fischerhude geraten habe".

Lisa hört mit gespannter Aufmerksamkeit zu, wie Paul aus seinen Erinnerungen erzählt.

„Ich habe erst später erfahren, dass die Eltern von Hans bei einem schweren Unglück gestorben sind. Da wurde mir bewusst, was zu der gestressten Verfassung von Hans geführt hatte.

Verstärkt wurde der Stress, weil er sich die konsequente Entscheidung zum Selbstschutz, mit der sich Clara von ihm getrennt hatte, nicht erklären konnte.

Fatal war es, dass Hans sich nicht von seiner ihm selbst schadenden Verhaltensweise lösen konnte.

Das machte einen erfolgreichen Weg zur Klärung seines Problems beinahe unmöglich".

Wie, wann und warum sich Hans verändert hat, dass konnte in den vergangenen Monaten verfolgt werden.

Das alles war aber nur möglich, weil Hans sich in Worpswede, Fischerhude und Bremen auf die Angebote der Malerei, der Menschen und der Natur eingelassen hat.

Die Türen zur Entdeckung seiner Sinnlichkeit in all ihren Facetten hat er sich selbst öffnen können.

In der Folge konnte sich Hans immer besser mit dem Schicksal, das ihm seine Eltern genommen hatte, aussöhnen.

Sich mit Clara zu versöhnen, wäre möglicherweise ohne die Reise nach Fischerhude und der daraus resultierenden Erkenntnisse nicht möglich geworden.

Seine Abgeklärtheit und Ruhe, nicht nur bei der Erledigung seiner Arbeit, ist ein weiteres herausragendes Ergebnis der Reisen in den Norden und nach Bayern. Über Fischerhude, Worpswede und Bremen nach Murnau, Kochel und Bernried am Starnberger See führte die Erholungsreise für seine kranke Seele.

Aus dem Workaholic wurde auf wunderbare Weise ein Mensch der sich seiner Sinnlichkeit bewusst geworden ist.

Lisa die den Worten ihres Mannes zustimmend gelauscht hat, ergänzt:

„Ich wünsche unseren Freunden Clara und Hans auf dem Weg zu einem zufriedenen, glücklichen Leben mit großer Liebe alles Gute.

Um das zu erreichen brauchen sie, so wie wir alle, die Kunst, die Natur und die Literatur.

Mit diesen Worten endet der Bericht über Clara und Hans und ihre Freunde Lisa und

Paul.

Die Orte Worpswede, Fischerhude und das Blaue Land sind Perlen in der Schmuckschatulle unserer kulturellen Erfahrungen.

In ihnen und in ihren Landschaften schufen und schaffen die Künstlerinnen und Künstler eine Kunst für alle Sinne.

Die Kraft dieser Sinnlichkeit unterscheidet die Wahrnehmungen vom Geistigen, sie wird zur Gesamtheit der Gefühle, welche die geistigen und körperlichen Empfindungen begründet.

"Mit manchen guten Eigenschaften ist es
wie mit den Sinnen. Wer sie nicht hat,
kann sie weder wahrnehmen noch verstehen."

François de La Rochefoucauld, Reflexionen

Ein großer Dank gehört Autorinnen und Autoren des VS Bergisches Land die mich immer wieder ermutigt haben meine Gedanken aufs Papier zu bringen.

Für die Geduld und Rücksichtnahme in der Zeit meines Schreibens sage ich meiner Frau Renate herzlichen Dank.

Mein besonderer Dank gebührt der Kollegin Dorothea Müller, die mich immer konsequent zu mir selbst zurück geführt hat.

Bei meinem Kollegen aus der Druckindustrie Werner Nieding bedanke ich mich weil er meine Fehler in Grenzen gehalten hat..

Alle Informationen in diesem Buch entstammen meinen Erinnerungen und den offen zugänglichen Informationen von Verkehrsvereinen und dem Internet.

Günter Wülfrath

IM BLAUEN LAND

An Bayrischen Seeufern
finden meine Gedanken
unausweichlich die Künstler
des "Blauen Reiter".
Kräftige Farben verändern meine
Sicht auf die Natur.
Ich entdecke die Malerei
der Expressionisten.

Suchende Künstleraugen
schaffen auf der Leinwand
Bildkompositionen.
Scheinbar finden die Farben
in ihren Gedanken
schneller die Leinwand
als Spachtel und Pinsel
arbeiten können.

Malerei wird zum freien Umgang
mit Form und Farbe.
Kräftige Konturen und
holzschnittartige Formen werden zu
Transmissionen bei der Suche
nach künstlerischen Antworten
Auf die brennenden Fragen
ihrer Zeit.

Günter Wülfrath

Inhalt

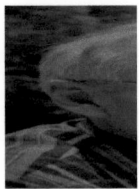

Günter Wülfrath wurde 1941 in Wuppertal geboren.

Er legte nach vielen Jahren als Rezitator 2007 den Grundstein für die jährlich stattfindenden Ronsdorfer Literaturtage „LIT.ronsdorf" in Wuppertal.

Er schreibt vorwiegend Lyrik, Kurzgeschichten und biografische Texte, die in diversen Anthologien und Zeitschriften veröffentlicht wurden.

2016 erschien der Lyrikband "Ich denke, also bin ich" im NordPark-Verlag Wuppertal.

Im Juni 2018 erschien Lyrik „Ewig um die Sonne kreisend dreht die Erde uns ins Licht" bei BoD – Books on Demand, Norderstedt.

Das vorliegende Buch betrachtet er als Hommage an die bildende Kunst und an die Freundschaft.